宮廷のまじない師
新米巫女と猩猩の鳴く夜

顎木あくみ

ポプラ文庫ピュアフル

目次

登場人物紹介

李珠華（りしゅか）

白髪に赤い瞳の容姿から鬼子と呼ばれ、親に捨てられた過去を持つ。

凄腕のまじない師・燕雲に拾われ、街のまじない屋で弟子として働いている。

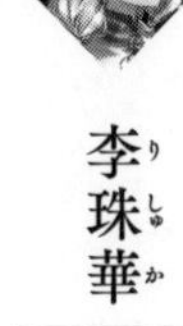

劉白焔（りゅうはくえん）

大国である陵の現皇帝。絶世の美男子で、かなりの自信家。

女性に触るとじんましんが出る呪詛をかけられ、珠華に解呪の依頼をした。

張子軌（ちょうしき）

珠華の幼馴染で、乾物屋の放蕩息子。甘い顔立ちで女性にもてる。


文（ぶん）　成（せい）……白焔に仕える宦官（かんがん）。童顔で小柄だが、甘いものに目がない。

宋墨徳（そうぼくとく）……白焔の第一の部下。優秀であり、白焔にとって兄のような存在。

銀（ぎん）　玉（ぎょく）……星の大祭で出会った、銀の指環の持ち主。

劉天淵（りゅうてんえん）……陵を建国した皇帝。栄安市にある天墓で幽鬼となっていた。失くした記憶を探すべく、白焔に憑いている。

楊梅花（ようばいか）……後宮に残った妃のうちの一人。南領出身でさっぱりとした性格の人物。

宮廷のまじない師

新米巫女と猩猩の鳴く夜

顎木あくみ

ポプラ文庫ピュアフル

序　人の驕り

まだ夏の湿った暑さが残る夜に、冷ややかな秋の風が吹く。

濃紺の空を見上げれば満天の星が、地上を見下ろせば人の手で作り出された都に灯る小さな光が、無数に瞬(またた)いている。

風が大気を揺るがすたびに、どこからか流れ着いたらしい、早くも落ちた枯れ葉が男の腰かける大岩と擦れて、からからと鳴った。

この切り立った岩場は、男が見下ろす大城市(だいとし)──武陽(ぶよう)からやや離れた場所にたいそう昔からあって、一円を見渡すことができる。

(此処(ここ)は、前に来たときとあんまり変わんねぇな)

男が武陽を訪れる際は、必ずこうして都全体を一望してからと決めていた。

もう千年。都を離れ、数十年おきにふらりと戻って様子を見る。特に絶対と定めているわけではなく、なんとなく男はそれを繰り返している。

理由はわかっている。そうして繰り返し見に来ないと、人としての何かを忘れてしまうかもしれない。そう恐れる心が、ふとした拍子に頭を出すから。

己の頭脳があまり優秀ではない自覚があるので、なおさらだ。

「けど、そろそろ何か起こるんだろうな」

久しく会っていなかった盟友と、互いに千年前と変わらぬ顔を合わせたのは、今年の夏の盛りの頃。

相変わらず眩い天上の銀色を纏った小柄な彼女が、珍しくどこかうれしそうな弾んだ雰囲気を漂わせていて、何かが変わるその予兆に興味が湧いた。

具合のいいことに、ちょうどそこで武陽へ赴く用ができたものだから、乗らない手はない。

(前に来たのは何年前だっけな、四十年、いや五十年前くらいか？　そのくらいじゃ、大した変化はなくても当たり前かもな)

男の時間の感覚は、只人のそれと大きく隔たりがある。しかも、男は細かいことに頓着しない性質ゆえ、記憶は曖昧だった。

――わーん、おあーん。

ふいに、幼子の泣く声に似た、悲哀のこもる鳴声が、筋肉のついた逞しい男の背に浴びせかけられる。

それは嘆(なげ)きとともに、男を急かすような色を含んでいた。

「わかった、わかった。お前たちの気持ちはよくわかっているから、心配すんな」

男の背後は深い闇が広がるばかりであり、何者の姿もない。

だが、彼らは確かにそこかしこに存在し、悲しみ、怒り、恨(うら)みの思いを抱いて、それを男に託しているのだ。

(そうさ。人も風景も、そう簡単には変わんねぇ)

いけ好かない。都の賑(にぎ)わいは、たまに味わうには心も浮き立つけれども、長く滞在すればするほど嫌な面が見えてくる。

今までいつもそうだった。

大きく栄え、溢れんばかりの人間が出入りする武陽という城市そのものが、やがては人という種族の傲慢(ごうまん)さの象徴のように感じられてしまう。

かつて主を亡くし、寄る辺を失った男へ、人々は鎖に繋がれていない猛獣を見る目を向けた。英雄と讃えていたその口で、次の日には化け物だと罵(ののし)った。

人は恐怖に正直だ。だから、そのこと自体は至極当たり前だとも思うし、理解できる部分もある。

しかし、武陽は男にとって居心地のいい場所ではなくなった。

そうしたら、だんだんと武陽という街の礎となった無数の悪鬼羅刹たちの気持ちが気になり始めた。

陵、という国の名は、『おか』という意味がある。

古に蔓延っていた悪鬼たちを一網打尽にし、その屍が積み重なってできた『おか』の上に国が築かれた、その出来事が由来だ。

とっくに土に還っているであろう、他ならぬ己とその盟友たちが命を奪った悪鬼たちは、いったい何を思って死んでいったのか。

怒り、悲しみ、悔しさ――そんな感情を抱いていたのか、あるいは。

嫌われ者同士が惹かれ合うように、男は次第に自身の心の有様が人間から妖に近づいていることを感じながら、されども、考えずにはいられない。

「……難しいことはわかんねぇけど」

男は後頭部をがしがしと乱暴に掻きむしると、大剣を背負い直してから、立ち上がった。

一　まじない師は宮廷へ

　夏らしさが薄らぎ、わずかに秋めいた高い青空の下、がらがら、がらがらと、石畳の上を馬車の車輪が大きな音を立てて回る。

　多くの人や牛馬、荷車で賑わう都の大路を行く馬車には、御者の他に二人が乗っていた。

　片や、結った白髪と血の色に似た深紅の瞳を布帛で覆い隠した十代後半の少女、片や、少女と同じくらいの年の、垂れ目に甘く整った容姿の青年。双方ともに、実に一般的な庶民らしい装いである。

「晴れてよかったな～」

　あ、見て蜻蛉、と愉快そうに話しかける青年に対し、少女はやや素っ気ない。

「そうね」

　少女――李珠華は現在、幼馴染の張子軌と向かい合い、大陸一の大国である陵の首都、武陽の大通りを走る馬車に揺られていた。

暑い季節は徐々に過ぎ去り、残暑の中に心淋しさが混じった秋の空気が漂い始めて、この千年の時を経た悠久の都にも初秋が訪れた。

日差しはまだ強く照りつけているが、すでに夏の暑気はない。

吹きつける風はひやりと肌を撫で、そのうち冷たい秋雨が降るようになれば、いよいよ秋本番。

行き交うさまざまな顔かたち、肌の色、服装の人々の中にも、襟を合わせて歩く姿が目立つようになっていた。

珠華と子軌を乗せた質素な馬車は、そんな雑踏の中を真っ直ぐに武陽の北、皇帝陛下の住まいである金慶宮へとゆっくり進む。

(もう、せっかく初めて祠部を訪ねるっていうのに)

内心で嘆息した珠華は、こっそり正面でへらへら笑う子軌の顔をうかがった。

「なに？　珠華、どうかした？」

珠華の視線に気づいた子軌が、不思議そうに訊ねてくる。

やや垂れ気味の目が特徴的な、美しさと愛らしさの同居する顔立ちで、常に緩んだ表情を崩さずに愛嬌を振りまく幼馴染がいつにもまして憎たらしい。

「……別に、なんでもないわ」

どうしてこんなことになってしまったのだろう。ため息を何度吐(つ)いても吐き足りない。

今日は、宮廷巫女(みこ)になることを決意した珠華が初めて祠部の官衙(かんが)を訪ねる日。陵国の宮廷で祭祀(さいし)やあらゆる術、神秘を司る部署である祠部へ、あくまで形式的にではあれど、採用のための試験を受けに行くのだ。

……が、なぜかまったく関係ないはずの、術のじの字も知らない子軌が一緒に祠部へ赴くことになってしまった。

その発端は、十数日前の出来事であった。

＊＊＊

武陽の、活気のある大路よりも奥まった小路に並ぶ庶民的な小店の一つに、街一番の腕を誇るまじない師である、燕雲(えんうん)のまじない屋がある。

護符などの術具の製作、販売や、加持祈禱(かじきとう)、妖退治などを生業(なりわい)とするこの店は、いつもは客もまばらで閑散(かんさん)としているのだが、その日は少し様子が異なって騒々しい客……とも違う、来訪者を迎えていた。

「聞いたよ、珠華ちゃん！」

質素な衣服に身を包んだ、いささかふくよかな中年女性が勢いよく勘定台を叩く。

まじない屋の看板娘、兼見習いまじない師の珠華は、彼女の明朗かつ大きな声を苦笑いで受け止めた。

「お、おばさん、ちょっと声が」

大きい、とまで珠華が口にしなくても、女性は察して「ごめんねぇ」と笑う。

「でも、すごいじゃないか！　宮廷勤めなんてさ」

「あはは……」

声量を抑えてもらえたのは「でも」までで、「すごいじゃないか！」でまた近所中に響き渡る大音声になった。

女性――まじない屋の又隣に店舗を構える乾物屋の女将とは長い付き合いであり、彼女がこうして顔を出すことは日頃からままある。そして毎度、同じような調子ではあるのだけれども、今回は話題が話題だけに珠華も敏感にならざるを得ない。

宮廷に勤めるのは多くの人にとって栄誉なことであり、憧れと羨望の的。誰かに聞かれて、余計なやっかみは買いたくないからだ。

「あ、ありがとうございます」

引きつった笑いでなんとか礼を口にすると、女将も自分のことのようにうれしそうに破顔する。他人の成功をこのように素直に祝福してくれる人なので、悪い人ではない。ないのだが。

ただ、少し……いやだいぶ、声量があるだけで。

「本当に立派だよ。宮廷で、しかも下働きでなくちゃんとした官職につけるんだから。珠華ちゃんは昔からしっかりしていたもんねぇ」

「……立派なのは老師（せんせい）ですよ」

しみじみとつぶやく女将に答えながら、珠華もつられて今までの出来事に思いを巡らせた。

凄腕まじない師の燕雲の弟子である珠華が、とある事件を解決しようと皇帝――劉（りゅう）白焔（はくえん）直々の依頼で彼のための女の園、後宮（こうきゅう）に滞在することになったのは、今年の春の終わり。

ひと月に及ぶ依頼を達成したのち、夏には再び白焔からの頼みで今度は南の栄安市（えいあんし）に赴き、星の大祭といわれる国の重要な祭祀を成功させるため、協力した。

(あれもまた、大仕事だったわね)

季節が移ろった今でも思い出しただけで変な動悸（どうき）が起こる。

栄安市に幽鬼が出るとの噂があり、対処できないかとの依頼。そこから何やら想定外の方角へ話がどんどん転がっていき、最後には祭祀にとんでもない影響を与えてしまった。

加えて、伝説の七宝将や、歴史上の重要人物の幽鬼との邂逅。

間違いなく珠華の平凡な人生で一、二を争うであろう大事件の数々だった。

ただこれらの事件のおかげで、やはり在野のまじない師では手を伸ばせる範囲に限界があると感じ、宮廷で儀式やまじないを司る祠部に入って白焔のために働きたいと願うようになったのだ。

（半年前はこんなことになるなんて、思いもしなかった）

もうもどかしいのも中途半端も嫌だから、宮廷巫女になりたい。

珠華が強い決意の下、師の燕雲にそう相談したところ、元宮廷巫女である彼女が口利きをしてくれると請け合ってくれた。

そんなわけなので、宮廷で働くといっても縁故採用であって、すごいのは珠華ではなく燕雲である。

「いいや、そんなことないさ。下手な人間を紹介すれば、紹介した人間の面目が丸つぶれになるんだ。なんだってそうだよ。燕雲さんが珠華ちゃんなら大丈夫だと思ったから、宮廷に口利きをした。別に恥ずかしがることじゃあない」

　うんうん、とうなずいて、女将は言う。が、次の瞬間には眉を吊り上げて、「それに比べて」と力のこもった声を出した。

「うちの馬鹿息子ときたら！　家の手伝いもせずにふらふら遊び歩いてばかり。何度叱っても聞きやしない。あたしが育て方を間違っちまったのかと思うと、恥ずかしいやら情けないやら」

　拳を握った女将の力強い叫びに切実な響きがこもる。

　そして、それを否定することができないのが、珠華の苦しいところだった。

　女将の息子とは何を隠そう、珠華の幼馴染で何かと読めない動きをするぐうたら男、張子軌だ。

　あのろくでなしは生家の乾物屋の手伝いを怠け、日々街を冷やかし歩くだけなのにまったくはばからない。また、その甘い顔立ちで若い女の子たちを軟派(なんぱ)しては昼間から遊ぶ、その絵に描いたような放蕩(ほうとう)ぶりは近所でも有名だ。

　しかも、よくこのまじない屋にも用がないのに入り浸り、休憩所代わりにしている節がある。

　そのたびに珠華も苦言を呈しているけれど、子軌が真面目に取り合ったためしがない。

　人のいい女将の息子だけあって、家の手伝いをしない以外は悪事を働くこともないし、他人に迷惑をかけることもなければ、人格に大きな破綻もないけれど。

　趣味の占いで生計を立てるわけでもなく、とにかく享楽に溺れた生活をしている。

「はあ。そろそろどうにか、真面目に働いてくれないものか。……と、そう」

　息子の将来を案じ、憂鬱そうにやや声を低くしていた女将が、顔を上げる。

「今日来たのはさ、その件もあってね」

「その件？」

　ついに子軌が何か重大なことをしでかしたのだろうか。身構える珠華に、女将は眉尻を下げて姿勢を正した。

「珠華ちゃんは今度から、宮廷に出仕するわけだろ？」

「ええ、はい」

　珠華はこくりと首肯する。

　今は宮廷に勤めるにあたって、店番のかたわら、形式的に行われる試験の勉強や礼儀作法などを頭に叩き込んでいる最中だ。

　これまでは皇帝との付き合いがあるといっても、その場かぎりの雇われまじない師であるからとなあなあに済ませてきた。

だが正式に出仕するとなれば、話は別である。

ただでさえ珠華は真っ白な髪に深紅の瞳という、他人から厭（いと）われる外見なのに、あまつさえ最低限の知識や礼儀もないようでは、いらない波風を立てる元となって早々に馘首（かくしゅ）となろう。

「そしたら、燕雲さんは一人でこの店を切り盛りすることになるわけじゃないか」

「そうですね。一応、私も、宮廷での仕事がないときは手伝いをするつもりですけど」

「……だったらさ、この店の手伝いにうちの馬鹿息子を使ってもらえないかと思ってねぇ。頼みに来たんだよ」

女将は、もちろん賃金なんてお小遣い程度でいい、いっそなくても構わないからと続ける。

「あの駄目息子も、この店のことなら真剣になるんじゃないかって」

先ほどまでの快活な姿はどこへやら、女将はすっかり参ったように肩を下げている。

（おばさん……）

もどかしくて、胸が締めつけられる。

今までの子軌の奔放な振る舞いと女将の苦労は、珠華も見てきた。

この頼みがきっと心の底から困り果てた末の、苦肉の策なのであろうと容易に想像がつく。

「子軌はしょっちゅう此処に入り浸っていますしね」

珠華と子軌との付き合いは物心ついたときからだ。

つまり彼はそれだけの年月この店に出入りしてきたわけで、仕事内容だっておぼろげでも承知しているはずである。生家の手伝いが嫌だというなら、ちゃらんぽらんな彼が上手く働けそうなのはもう、この店くらいしか残っていない。

どうしたものか。女将の力になりたいけれど、店は師のものゆえ、珠華が勝手に決めていいことでもない。

答えあぐねていたところへ、店の奥から師の燕雲が姿を見せた。

「うちは手伝いなんざ、いらないよ」

小柄な老女は、ふん、と鼻を鳴らすと、店の隅に備えつけてある朽ちかけの古い椅子にどっかりと腰を下ろす。

一見、不機嫌そうな素振りではあるが、この素っ気なさは師の常だ。

「燕雲さん、そこをどうか。息子の不始末が親であるあたしらの責任なのは重々承知だけど、もうお手上げなんだ……」

いつも明るい女将らしくもなく悲愴な顔つきで深々と首を垂れ、懇願する。

母親にここまで言わせて、あの男はいったい何をしているのかと、珠華はだんだん腹が立ってきた。

孤児である珠華は、親代わりの燕雲がいるといえども、このように無償で己の身を案じて行動してくれる親がいる幸せが何物にも代えがたいと知っている。それをいとも簡単に無下にする幼馴染には本当に呆れる。

女将の哀訴に、けれども燕雲は渋い顔を緩めない。

「元より、たいして盛況な店じゃないんだ。まじないの心得もない手伝いの出る幕はないんだよ。しかも珠華がいなくなるんじゃ、あの坊もやる気なんか出さないさ」

さすがにそこまで不義理ではないと信じたい。だが、やはりあの子軌のことだ、店の仕事を真面目にこなす様も想像できない。

重苦しい沈黙が店内に落ちた。

女将の表情は暗く、珠華はどんな顔をしたらいいのかわからず、燕雲は絶対に意見を覆さないと決めた様子でいる。

しばらくして、はあ、とため息が一つ響いた。燕雲だ。

「うちで使うことはできないが、別の道ならある」

女将が伏せていた目線を上げ、燕雲を凝視する。藁(わら)にも縋る思いが女将の全身から滲み出ていた。

いったいあの男にどんな真っ当な道が残されているのだろう。燕雲の発言に珠華は注意を傾け——。

「珠華と祠部で働くことさね」

「えぇっ!?」

珠華は己の耳を疑った。

あの放蕩者と一緒に宮廷へ。冗談ではない、想像しただけで背筋が寒くなる。

いくら祠部に入る方法が試験の成績などではなく、ほぼ伝手(つて)での推薦のみだからといって……いやだからこそ、やや〝気〟に対する勘に優れた程度の、まじないのまの字もわからない素人を送り込むなど正気の沙汰ではない。

女将も言っていたではないか。面目が丸つぶれになるのは推薦した燕雲だと。

ただでさえ怠け者で、さらにずぶの素人の子軌を推薦するのは自殺行為としか言いようがない。

「な、なに言ってんだい。そんな迷惑はかけられないよ！」

案の定、女将は息子が宮廷勤めできると喜ぶどころか、顔を青褪(あおざ)めさせて首を横に振った。

一方の燕雲はいっさい動じない。

「うちで手伝いなんかさせて、燻(くす)ぶらせておくよりましさ。逆にそのくらいしなきゃ、あの坊の怠け癖は直らないだろうよ。——そうだろ、子軌」

燕雲が問いかけると、店の戸口の陰から当の本人がするりと姿を見せた。珠華たちが話しているのを聞いていたのだろうか。

子軌は垂れ目が特徴的な整った面にしまらない笑みをくっつけて、近づいてくる。

「いやあ……」

「この馬鹿息子！」

女将は眦(まなじり)に涙を光らせ、寄ってきた子軌の頭を容赦なく叩いた。

「いてっ」

「あんたに仕官なんかできるわけないじゃないか！　へらへらしてる場合じゃないよ」

女将の言うとおりだ。

あの会話を聞いていて、なおも子軌がその根性をあらためないのであれば、珠華も今回ばかりは軽蔑（けいべつ）する。

　そんな冷たい視線で睨むと、子軌は珍しくしおらしくなった。

「燕雲婆ちゃんがいいなら、俺も宮廷に行っていいかな」

「子軌！」

　女将の悲鳴のように高い声が息子を咎（とが）める。

「あたしゃ、構わないよ。あんた一人に汚されるような地位も名誉もありゃしないからね。それに、あんたもそろそろ自分で動きたくなってきた頃合いだろ」

　燕雲はけろりとして肩を竦（すく）めた。

　師の言葉が何を示しているのか、珠華と女将にはわからなかったが、子軌本人には十分に伝わっていたようで、目を瞠（みは）る。

「婆ちゃん……もしかして、気づいてる？」

「さあ、なんのことだかね」

　ふい、と目を逸らした燕雲は自らの発言をさらりと誤魔化してそれきりで、子軌も特に追及しようとはしなかった。

　女将は怪訝（けげん）そうな、頼りない表情で立ち尽くしている。

　珠華とて、まったくどういうわけだか理解できず、かといって子軌の処遇に納得もいかない。

「ともかく、本人にやる気があるならいいじゃないか。子軌、あんたは宮廷占師候補に推薦しとくから真面目に働きな」

「宮廷占師って……」

思わず眉を顰めてしまった。

宮廷占師。宮廷神官や巫女と同じく、祠部所属の〝気〟を扱う技術職の一つである。

この陵国において、占師は非常に重要だ。

祭祀においては言うまでもなく、政においても、施策によい日取り、行事をするによい場所、敵に攻め入るのによい方角、他国の来賓をもてなすのによい色――そんな日々選択を迫られた際に占術を用い、皇帝や官たちに判断の材料を提供する役目がある。

占師も〝気〟を見、さらに〝運気〟を読む。

国中に占師は数多いるが、中でも正確な目を持ち、精度の高い読みができる者だけが宮廷占師となることができ、国の命運を導くことができるのだ。

珠華も〝気〟を用いた占いや星読みなどの心得はあるが、自分が宮廷占師になれるとはまったく思わない。宮廷占師は単なる宮廷神官や巫女より、狭き門でもあった。

「占師か……」

　子軌は少し考え込むような仕草を見せる。

「珠華はおそらく簡単な研修期間のあとすぐに宮廷巫女になれるだろうが、あんたはもちろん下積み、見習いからだよ。正式な宮廷占師になれるかどうかも、どんな働きをするかも、あんた次第さね。役に立たなければ追い出されるだけさ」

　当然だ。昔から燕雲に師事している珠華とは違い、子軌は誰かから占いの指導を受けたわけではない。まじない師にしろ、占師にしろ、ある程度以上の才能を発揮し、技術を身につけられなければ、永遠に見習いのまま。

　決して、平坦な道のりではない。

　これで子軌が占師として即採用されるとなれば、珠華とて黙って見ていられなかっただろう。けれどそうでないなら、言うことはない。

　師の言うとおり、機会を活かすも殺すも本人次第なのだから。

「俺、やるよ」

　子軌が顔を上げて答えると、燕雲はおもむろにうなずいた。そして、珠華のほうにもちらりと目を向ける。

「あんたも、いいね？」

「はい。でも私、子軌の面倒は見ませんよ」

「構わないさ。あんたはあんたの、したいようにしな」

珠華はうなずく。

こうして、予想外にも珠華の出仕に幼馴染がついてくることになったのだった。

＊　＊　＊

思い出すと、呆れや諸々が再びよみがえって、珠華の意識は自然と流れてゆく風景に向かっていた。

馬車は、下町にあるまじない屋から少々離れた武陽の北、庶民の家屋の数千軒分に相当する敷地に堂々と鎮座する、金慶宮の正門をくぐる。

金慶宮は陵の政の中心であり、皇帝の御座所だ。

朱に塗られた柱に濃灰色の瓦屋根。いたるところに龍に鳳凰、麒麟などを模した細やかかつ華やかな装飾が施され、どれだけ長く眺めていてもいつも新しい発見がある。

門をくぐった先は真っ白な花崗岩を敷き詰めた広場と、大きな階段があり、濃灰と朱の建物との対比でよく映えて鮮やかだ。

また視線を移せば、同じくとびきり贅を尽くした、凝った造りの建物がいくつも立ち並び、その一つ一つにも小さな門や風情ある庭が付随しているのが見えた。南領の杏黍宮や星姫の墓所とも似通う趣があり、あちらも相当立派だったけれども、大きさはこちらのほうが何倍も広い。

まるで敷地全体が高貴な人々のみ住まう、一つの街だった。

正面玄関にあたる大きな門は馬車が五台ほどは余裕を持ってすれ違えるほどの広さがあり、今このときも、文官、武官、商人に貴族――さまざまな装いの大勢の人々が出入りする。

珠華と子軌は馬車で、そのまま祠部の使っている官衙へと向かった。

「うわ～……やっぱりでっかいんだな、宮殿って」

大きな音を鳴らして石畳の上を走る馬車に揺られながら、子軌が外を眺め、感嘆の声を上げる。

「そんなこと言って。前にも来たことあるでしょう」

珠華が言うと、子軌は緩んだ笑みを浮かべた。

「そういえば、そうだった。いやでも、あのときは何が何やらって感じだったし」

珠華が陵国皇帝、劉白焰に乞われて後宮で依頼に取り組んだ際、一度しくじって罪に問われ、幽閉されたことがあった。

そのとき、師の燕雲とともに子軌は珠華を助けに来てくれたのだ。

(あれがあってから、借りを感じざるを得ないのよね……)

珠華は思い出して、眉根を寄せる。

確かに、幼馴染である子軌が顔を見せたときはほっとしたし、彼が持ってきた七宝将の指環には大いに力づけられた。

子軌ならばその貸しを盾に無茶な要求をしてきたりはしないと信じられるけれど、珠華はあのときからそこはかとなく負い目を覚えて、少し気が重い。

「珠華」

「なに?」

出し抜けに呼ばれて子軌のほうに向き直ると、人差し指で軽く眉間を突かれた。

「痛いっ。何するのよ、子軌」

「しわ寄ってたから」

悪びれもせずにへらへらとする幼馴染は、無駄に容貌が整っていて本当に憎たらしい。

いったい誰のせいだと思っているのか。能天気にもほどがある。

「あなたのことを考えていたら、頭が痛くなったのよ」

「なんだ、緊張してるのかと思ったけど違ったかー」

なぜか残念そうに唇を尖らせる子軌。

緊張はあまりしていない。これから珠華は祠部の官衙に行き、形式上必要な採用試験を受けることになっているが、試験内容は判明している。

ずばり、簡単な符術と筆記問題だ。

とはいえ、すでに見習いとしての実績のある珠華なので、本当に形式だけのものにすぎず、しかも筆記問題は事前に解答して送付済み。そもそも、推薦されるからにはその程度、こなせる前提でもある。

「あなたこそ、もう少し緊張感を持つべきよ」

子軌には試験がない。代わりに、見習いとして決められた期間内になんらかの結果を出さなければ、問答無用で祠部を追い出される。

珠華より彼のほうが、よほど条件が厳しいというのに。

「占い、ちゃんとできるの？　〝気〟を読むのでも、星読みでも……」

「できるできる。あ、それに燕雲婆ちゃんが言うには、初めは占師志望でも他の見習いと同じように宮廷神官や巫女の仕事の見学かららしいよ」

「……ますます不安になったわ……」

ため息を吐きつつ、珠華はゆっくり流れてゆく風景を再び見遣る。

豪奢(ごうしゃ)な金慶宮。これからは毎日、此処に出入りすることになる。白焔のいる、この宮殿に。

堂々と彼の力になりたい。一方で、皇帝と一介のまじない師、その線引きもきちんとしたい。けじめをつけたい。

そんな考えが決め手になり、珠華は宮廷巫女となって出仕することにした。しかし、しばらく顔を見ていない彼がほんのちょっとだけ、恋しい。

(だめよ。……私は、白焔様のことをなんとも思ってないんだから)

珠華は白焔の、皇帝のまじない師だ。それ以上でも以下でもない。

必要なのは主従としての信頼関係だけで、過度に親密な関係なんてないほうがいい。親しくなればなるほど余計な火種になったり、波風が立ったりと、想像に難くない。

白焔のことは主として尊敬している。だから、まじない師として仕えられればそれでいい。

「ま、なるようになるよ。珠華なら」

「本当、お気楽ね」

珠華は幼馴染の気楽さにため息をこらえきれなかった。

珠華と子軌は真っ直ぐに祠部の官衙にたどり着いた。門の前で馬車を降りた二人は、揃ってごくりと一つ息を呑み、中へと進む。

二階建ての官衙内は文官姿の者から、神官、巫女姿の者、年齢もさまざまで、けれども行き交う人の数自体はさほど多くない。

とはいっても、その中で決して高価とは言えない私服の珠華と子軌は浮いていた。

視線を感じつつ進むと、すぐに二人の前に白の朝服を纏った下官が現れ、簡単な礼の姿勢をとる。

「李珠華、張子軌――両名、お間違いないですね」

淡々とした下官の問いに珠華はうなずき、礼を返した。

「はい」

「ご案内いたします」

身を翻して歩き出した彼のあとを、珠華と子軌は黙って追う。その途中、視線を向けられるだけでなく、聞こえてくる密やかな噂話。

「見て、あれ。あの子でしょう、春に後宮に入っていたっていう」

「陛下に依頼されて怪異騒ぎを解決したとか」

「……あの色。若いのに白い髪なんて、不吉じゃないか」

「ああ……目も血のように真っ赤だ。もしかして人に化けた魔の類ではあるまいな」

「だが、元『仙師（せんし）』の紹介なんだろう？」

外見について、ひそひそと言われるのには慣れっこだ。けれども、まさか珠華が後宮にいたことまで広まっているとは思わなかった。

（うう、なんでそっちまで知られているのよ）

祠部と後宮には、何やら不可侵を保つしきたりがあるらしい。本来ならば怪異にかかわる騒動には祠部が解決に動くはずだが、現場が後宮となるとそれすらない。

ひと月ばかり後宮に滞在していただけの仮初（かりそめ）の妃のことなど、祠部の人々が知るはずはないと考えていたのに。

（こんなに注目されるのって、たぶん普通じゃないわよね）

甘かったか。珠華は頭が痛くなり、額に手をやる。間違いなく、悪目立ちしている。

「珠華、平気？」

斜め後ろを歩く子軌が、珠華に近づいてそっと囁（ささや）く。

「まったく平気よ、あのくらい。大したことじゃないわ」

「そう？　ならいいけど」

この程度の陰口自体は、生まれてこのかた腐るほど聞いた。むしろありきたりで害にもならない、可愛いものだ。

慣れるものでもないだろうが、あまり心は揺れない。

だからこそ、どちらかというと後宮でのことがどれくらい伝わっているのかが気になってしまうし、それと。

（仙師の弟子なのにこんなこともできないのか！　とか言われたりするのかなぁ。困るわ……）

皆が噂する元『仙師』とは、燕雲のことだ。

祠部に所属する宮廷神官、巫女の中でもたぐいまれなる術師に与えられる名誉ある称号、それが『仙師』。

仙師は〝気〟の扱いを極め、人よりももはや仙に近いという。

それほどの域に達する術師は、だいたい数十年に一人。時には百年近く不在だった時期もある。祠部に、同時に複数の仙師が在籍していた例はほぼなく、陵国千年の歴史上でも仙師を名乗れたのは五十人に満たない。

当代の仙師は現、祠部長官。燕雲は過去に仙師の称号を持っていたが、現在は祠部に所属していないため、厳密には仙師ではない。

だが、その実力も実績に基づいた名声も、今なお健在だ。

珠華はそんな師の紹介かつ、後宮での一件を解決したという、完全な鳴り物入り状態で、容姿をあれこれ言われるよりもまじない師としての実力が足りなかったときが最も怖い。

そのとき、きゃあ、と遠くで控えめに黄色い声が上がった。

何事かと振り返ってみれば、こちらをちらちらとうかがっていた宮廷巫女たちに、子軌が愛想よく手を振っている。

「ちょっと子軌」

珠華は肘で幼馴染の脇腹を小突く。顔が無駄にいいだけに、珠華と違って子軌はうけがよさそうだ。

(お願いだから、真面目に仕事をしてほしいわ)

積み重なる懸案事項に胃を痛めつつ歩いていく。すると、先を歩いていた下官がある一室の扉の前で立ち止まった。

いよいよだ。きっとこの部屋で試験が行われるに違いない。

珠華は背筋を伸ばして覚悟を決める。

「こちらです」

きい、と下官が軋む扉を開けた。

中は調度品もない、ただただ広い一間。そこに一人、二十歳前後と思しき若い神官が立っていた。

(あれ……?)

あの神官——既視感がある。いや、既視感なんて生易しいものではない。

鋭利な目つきに、薄い唇、整った目鼻立ちではあれど、冷たさと厳しさが際立つ佇まい。纏った神官の衣装は一分の乱れもなく、身だしなみにも隙がない姿は、彼の生真面目さと神経質さを体現しているよう。

寒気がして、珠華は竦み上がった。

(あ、あの人って!)

まずい。非常にまずい。薄らと冷や汗がこめかみに滲む。

『お前たち、何をしている?』

『おい、その布の下。顔を見せろ』

彼の口から発せられた詰問(きつもん)は、耳の奥に残っていてはっきり思い出せる。

間違いない。彼は、南領で秘密裏に星姫の墓所に入ろうとしたときに巫女に扮した珠華と銀玉を見咎め、一悶着あった相手。

あのときは珠華の顔は布帛に隠れてよく見えなかっただろうが、個々人の纏う〝気〟は宮廷神官相手にはたぶん誤魔化せない。

身分も位も高そうな神官だったので二度と会うまいと思っていたのに、まさかこんなところで再会してしまうとは。

「どうしよう……」

「珠華？　どうかした？」

血の気がす、と引いて、不思議そうに訊ねてくる子軌に構っている余裕がないほど、珠華は内心で動転する。

青年神官は、珠華と子軌を無言で一瞥し、そのまま目を逸らす。珠華に気づいているのか、気づいていないのか、微妙な反応だった。

心臓がばくばく鳴る。落ち着こうとしても、そんなに簡単にはいかない。

（と、ともかく試験に集中しないと。……試験官があの神官ってことかしら）

すぐに何も言われないのなら、珠華の試験はそのまま行われるはず。だとしたら、ひとまずはそちらに集中するべきだ。

珠華は真っ白になった頭で、なんとか自分に言い聞かせた。

「李珠華さん。あなたと今日は他にあと二人、試験を行う予定です。試験官はそちらにいらっしゃる羽宝和(うほうか)様。張子軌さんは試験を見学ということで」

「はい」

「わかりましたー」

珠華と子軌がそれぞれ返事をするのと、ほぼ同時。珠華と同じく試験を受けるであろう男性二人が入室する。

「失礼する」

「失礼いたします……」

一人は質素な格好ではあるが端々に金のかかり具合がのぞく、貴族生まれ風の出で立ちの男。もう一人は中流階級だろうか、みすぼらしくはないものの、庶民らしさのある男だ。二人とも珠華よりも若干年上に見える。

やはり〝気〟を見、操る人材は多くないし、この受験者の少なさで、思い知らされた。宮廷神官や巫女になれるほどの腕前になるにはそれなりに時間がかかる。

まだ鼓動がうるさい。だんだんと不安が膨らんでくる。

（大丈夫よ。老師だって、私を一人前だと言ってくれるもの）

珠華は前へ進み出て、子軌は壁際に寄る。他の男性二人も珠華と少し距離を置いて並ぶが、どことなくここでも視線を感じた。

正直、今は彼らの視線よりもあの若い神官のほうが気になるが。

「お揃いですね。では、あなたがたにはこれから、簡単な符術を行使していただきます」

下官が言うと、貴族風の男がつんと澄ました顔をし、平民らしい男は表情を強張らせる。

珠華はしゃんと前を向いて、気を引きしめた。

どんな符術を使うかは受験者の自由。ただ、符術とひと口に言っても内容は多岐にわたり、中でも最もわかりやすいのはおそらく式神を作り、動かすことだろう。あれは誰でも使える基本の術で、力量の差が如実に見える。

「ではさっそく、符術のほうから——」

下官の指示で珠華を含めた三人の受験者が各々、木や紙の札を懐から取り出した。皆、考えることは同じらしく、三人とも使おうとしている術は式神の生成。下官がそれらの道具に細工がされていないかをいったん確認し、また手元に戻される。

珠華も木簡に〝気〟を込めた。

今回はいつも珠華が使役している珊と琅は出せない。最初から仕込んでいる式神では公平にならないからだ。

即興で術を組み上げる力が試される。

「できました」

まず声を上げたのは、貴族風の男だった。

得意満面な彼の視線の先には、手のひら大の蛙の形をした式神が床にちょこんと座っている。

蛙といっても紙を折って作ったような見た目で、顔もなければ色もない。なんとなくそう見える、という程度だが、座る姿や跳ねる動きなどはよく似せてあり、即席の式神としては文句なしの出来だろう。

試験官を務める宝和は、一つうなずく。

「合格」

宝和の反応を見てとって、下官が告げると、貴族風の男は当然だと言わんばかりに鼻を鳴らし、得意げに腕を組んだ。

（なんでそんなに偉そうなの……）

珠華は内心でため息を吐く。確かに問題ないまじないの腕ではあるけれど、威張るほどでもない。

最近出会ってきた貴族があまりにも違っていたので失念していたが、本来の貴族とはああいう態度の者のほうが多い。それで珠華も昔から何度か煮え湯を飲まされたものだ。

これから同僚として一緒に働くのかと思うと、今から気分が滅入りそうである。

次いで、平民らしき男がおずおずと挙手した。

「……できました」

彼の足元を見ると、一匹の鼠(ねずみ)がうずくまっている。

鼠の外見は貴族風の男とはまた異なり、木を削って作った人形のように見えた。色は木目のある薄茶の木の色そのままで、目や口はない。けれども、尖った鼻を忙しなく動かす様子などは本物そっくりである。

これも、即席の式神として十分だった。

宝和がまた一つうなずき、下官が「合格」と言うと、平民らしき男は見るからに安(あん)堵(ど)して胸を撫で下ろした。と、同時に気が抜けたのか、鼠が一瞬で木札に戻ってしまう。

「……あ」

「集中力と持久力に問題があるようだな」

「はい……」

冷静かつ冷ややかな宝和の指摘に、平民の男はしゅんと肩を落とした。すると隣で貴族風の男が鋭く平民の男を睨む。

「これだから庶民は嫌なんだ。いつも私たち貴族の足を引っ張るばかりで」

言葉を切った貴族風の男は、その鋭い視線を宝和へと移して澄まし顔で進言した。

「式神もまともに扱えない者は、不合格のほうがいいのではありませんか」

「…………」

「どこの誰が推薦したのか知りませんが、祠部には不適格でしょう。庶民には町のまじない屋程度がお似合いだ」

貴族風の男の目が今度は珠華のほうを向いた。もしやと思ったが、やはりとばっちりが来るらしい。

「ましてやそこの女。良家の姫君ならともかく、あんなみすぼらしい、そもそも人かどうかもわからない奇怪な女が、まともな術を扱えるわけがない。ろくに学があるかすら怪しいのに」

珠華は散々な言われように、術式を組みつつうんざりしてしまう。

「言いたいことはそれだけか」

貴族風の男の意見に対して、宝和はまったく動じていない。

彼もまた貴族、しかも羽家といえば『四王家』の一つであり、北領を治める国一番の大貴族だ。もしかしたらこれ幸いと貴族風の男に同調するかと思われたが、冷酷なまでに厳然とした表情は微塵も変わっていなかった。

「合格は取り消さない。——李珠華」

「は、はい！」

急に呼ばれて驚いた珠華は、思わず勢いよく返事をし、姿勢を正す。

「ただちに符術を使ってみせろ」

言われるまでもなく、最後は珠華の番だ。

珠華は「わかりました」とうなずいてから、手元の木簡を床に置き、簡易的な呪文を唱える。

「あらわれよ、我が眷属！」

すると木簡がぴし、と音を立て、あっという間に一つの生物の姿に変わった。

背丈は珠華の膝あたりまで、全身は橙と黒の縞と白の毛に覆われ、先端がやや丸みを帯びた耳がぴんと立っており、細長い尻尾が左右に揺れている。ぐるる、とその生物の喉が鳴った。

　小虎を模して作った、珠華の式神だ。

　もちろん、いつも珠華が使役しているサンやロウのように人の言葉を話したり、自分で考えて行動したりはしない。あの二匹は特別だから。

　それでも、目の前の小虎の式神は本物と区別がつかない出来であった。

「できました」

　なかなか上手くいった、と珠華は軽く吐息を漏らす。

（あら？）

　どうしたことか、室内はしん、と水を打ったように静まり返っていた。あの貴族風の男などがすかさず何かを言ってくると思っていたのだが、それもない。

　首を傾げながら彼のほうを見ると、呆然と口を半開きにして固まっている。平民の男は驚きも露わに珠華の式神を凝視しており、下官も小さく瞠目（どうもく）して息を呑んでいた。

　顔色一つ変えていないのは、試験官の宝和だけだ。

（ええと……このくらいで驚いていたら、だめでしょう）

　予想外な周囲の反応に、珠華は喜べばいいのか、呆れればいいのか、困り果てて棒立ちになってしまう。

式神を本物の生物と見分けがつかないほどに仕上げるなんて、燕雲ならば容易にやってみせたし、小虎と言わず、小龍くらいは欠伸をしながら軽く生み出すだろう。

さすがに仙師である燕雲が基準だとは言わないが、珠華程度の腕前なら祠部にはごろごろしているはず――だった。

(新人にしてはすごい、ってことよね。きっと、たぶん)

そうに違いない。いや、そうだと信じたい。

珠華が嫌な汗をひと粒滲ませたとき、下官ではなく、宝和自身が口を開いた。

「合格だ」

その言葉で、凍りついたようになっていた場の空気がようやく解ける。そうして真っ先に珠華を睨みつけてきたのは、やはり貴族風の男だった。

いかにも怒り心頭といった様子で、真っ赤になっている。

「お前! どんな手を使った!」

「……どんなも何も、ただ式神を作っただけで」

まさかインチキしたとでも言いたいのか。仮にも術師であるなら、〝気〟の流れを読めばそんなことはないとわかるものを。

呆れてものも言えないとは、まさにこのこと。

「お前のような庶民が、それほどの術を使えるわけがないだろう！」

貴族風の男が唾を飛ばし、指をさして怒鳴る。

珠華はこれまでのやりとりもあり、徐々に男に苛立ってきた。

この男だけがひたすら場をかき乱し、そのせいで無用なやりとりに時間をとられている。他の受験者にいちいち食ってかかって、ずいぶん暇らしい。

珠華の辟易とした気持ちが態度に出てしまっていたのか、貴族風の男はそれを目ざとく見咎めた。

「なんだ、その顔は！　この私の前でよくも……やはりお前ごとき庶民が、仕込みもなくそんな式神を組み上げるなどおかしい！　イカサマがあったに違いない！」

「はあ？　イカサマって」

「では小細工と言えばいいか？　ぺてん、詐欺、欺瞞、不正。好きなものを選ぶといい、この恥知らずめ！」

「そのぅ、別に不思議はない……と思いますが」

いきり立つ貴族風の男に異議を唱えたのは、意外にも平民の男だった。彼はやや及び腰に、けれどもしっかりと貴族風の男に意見する。

「彼女は仙師の弟子だと聞きました」

「は？　仙師？」

「噂をご存じないですか？　きっと長く一流以上の技術を見ながら、並々ならぬ修行をしたのでしょうし、だとすれば、あれだけの術が使えても何も不思議では……」

「はあ!?」

貴族風の男が大声を出すので、平民の男は「ひっ」と肩を竦めた。

「仙師の弟子だと？　イカサマを正当化するための嘘に決まっている！　よくも堂々と大それた法螺を――」

なおも食ってかかってこようとする貴族風の男。それをじっと見ていた宝和が大きく一度、足を踏み鳴らした。

「いい加減、黙れ」

酷薄な光を宿す宝和の目が、貴族風の男を射貫く。その眼光は以前、珠華に向けられたものよりもさらに鋭く、厳しく見えた。

単なる怒気を通り越して、殺気とも呼べそうな激しい〝気〟が渦巻いているのは、目視で確認せずとも肌でわかる。

ぐ、と口を噤んだ男はまだ何か言いたげであったが、宝和に怒りを向けられると真っ青になった。

「これ以上、試験を妨害するならば、貴様を不合格にする」

「……すみませんでした」

ひどく小さな、聞き取れないくらいの声で貴族風の男が謝罪する。それでもやはり心の底から納得はしていないのが態度から見てとれて、羽家の人間に睨まれても折れない自尊心はいっそ、あっぱれだった。

険悪な雰囲気の中、

「えー、では次に筆記試験の結果を発表します」

咳払いをしつつ、下官が流れを元に戻す。

下官によって読み上げられた筆記試験の結果は以下のとおり。五十点満点中、珠華が四十六点、平民の男が四十点、貴族風の男が三十九点となっていた。

ちなみに珠華が提出したのは、「祭儀と術式の関連性について」という題の小論である。

簡単に言うと、祭儀は夏に行われた『星の大祭』のような、神仙を祀る儀式のことであり、これも広義の術式にあたる。それを簡略化し、派生したものがまじない師に馴染み深い術として現在に定着しており、変化している要素もあればそのまま引き継がれている要素もあって云々、といった内容だ。手は抜いていないけれど、さほど奇を衒ったものではない。

「私が、さ、最下位だと……」

貴族風の男は筆記試験の点数が三人のうちで最も低かったことに打ちのめされているようだった。呆然と虚空を見つめて、固まっている。

ただし結論、点数に差はあれど、不合格者は一人もいなかった。珠華はもちろん、男性二人も合格である。

「以上の結果から、各々の研修期間を決めます」

各々の反応を淡々と無視し、下官が高らかに宣言した。

(研修期間か。どれくらいになるかしら)

それぞれの研修期間は、試験の出来によって短くなったり長くなったりする。言い渡された期間は、珠華がひと月、平民の男はふた月。問題ある言動が響いたのか、貴族風の男はふた月半だった。

「各指導役については、追って知らせます」

燕雲によれば、その期間に誰が指導役となるかも試験の結果次第らしい。

成績が合格ぎりぎりであれば、体力的に外回りの少ない年を重ねた老練家にみっちり基礎から教え込まれることになり、成績が良ければ、都中をまたに掛ける現役の神官や巫女の後ろにくっつき、すぐに現場で経験を重ねることになる。

いったいどんな研修となるのだろう。何にしろ、充実したものになればいい。思いを馳せているうちに、下官の言葉は締めくくりに入っていた。

「研修はさっそく明日からになります。今日はこれで解散です。お疲れ様でした」

下官が礼をした途端、珠華のほうに室の隅から駆け寄ってきたのは子軌だった。

「珠華、おめでとう～！」

「あ、ありがとう」

抱きつかんばかりに珠華の周りをぐるぐると回りながら祝ってくれる子軌に少し引きつつも、礼を述べる。

「あ、そうだ。こいつらも、おめでとうって言いたいんじゃない？」

子軌は言って、懐から二枚の木簡を取り出す。

珠華がいつも従えている式神、サンとロウの木簡だ。常に持ち歩いているが、試験の邪魔になってはいけないと事前に子軌に預けておいたのだった。

木簡は微かに、ふる、ふるりと震えているように見える。

「そうかしら。……出てきて、二人とも」

子軌の手から木簡を受けとり、珠華が術を起動させると、木簡は大小二つの人影へと変化した。

「珠華さま。合格、おめでとうございます」

「ご主人様！　おめでとう！」

すらりとした美しい妙齢の女性の姿をしているのが、普段は小鳥の形の式神、サン。小柄な少年の姿をしているのが、猫の形も持つ式神、ロウだ。

珠華が使役する二人は拍手や万歳を交え、主人を大いに祝福してくれた。

「ありがとう、サン、ロウ。あなたたちの応援のおかげよ」

珠華が愛らしい式神たちからの祝いに和んでいると、貴族風の男が声を上げた。

「ひ、人型の式神……!?」

「驚きました。召鬼法の応用ですか……よもや、人型の式神までお持ちだとは」

下官も目を丸くし、同様に、平民の男も珠華の式神たちに視線が釘付けになっている。

「…………」

もしかして、いやそんなまさか。人型の式神は珍しいとでもいうのか。

珠華は師以外の同業者という存在にあまり知り合いがいない。だから、基本的には師を目指して術を磨いてきたし、それでも到底燕雲には追いつけやしないので、自分はまだまだだと感じていた。

　ところが、此処へ来たらどうだ。

　式神一つで先ほどから何度も驚かれる。確かに式神作りは珠華の得意分野の一つであるから、他の術よりも上手くできるけれど、それにしても誰も彼も驚きすぎである。

（……老師は、私にいつも十分な腕前があると言ってくれていたけど）

　燕雲はあれでも優しいところもあるし、珠華の親代わりだ。師としては厳しくとも、育ての親としては贔屓目で励ましてくれるのだな、と考えていたのだけれど。

（ひょっとして違ったの？）

　励ましなどではなく、本心からの、同じ術師の立場からの評価だったとしたら。

「いやいや、それはありえないでしょう」

　仙師の称号は伊達ではない。まじない師としての燕雲が自分にも他人にも厳しいのを、珠華はよく知っている。

　珠華は頭に一瞬だけ過ったとんでもない推測を、慌てて打ち消した。

　若輩の自分が調子に乗ってはいけない。調子に乗るなら、何か一つでも燕雲の腕前を抜いたらと決めている。

「なぁ、珠華。皆、すごく驚いてるけど」

子軌がやや口角を上げ、おかしそうに指摘してきた。わかっている。わかっているが、この状況で珠華に何を言えというのか。

「あれほど自分の意思がはっきりしている、かつ人型の式神なんて、そうそうお目にかかれるものではありませんね。あれでは人と大差ありませんよ……羽神官」

下官が宝和に話を振るものの、かの青年神官は黙ったままだ。代わりに、貴族風の男が反応した。

「そんな、そんなはずは……」

貴族風の男は抜け殻のようになり、足元のおぼつかない様子で真っ先にふらふらと室を出て行く。

あれだけ自信満々だったのに、もう珠華や平民の男に絡んできもしない。試験結果がよほど衝撃で、さらに式神がとどめになったのかもしれない。珠華も偉そうなことは言えないけれど、鼻っ柱を折られたのなら、これを機に心を入れ替えたらいいだろう。珠華だって、遥か先を行く師の姿に何度も心折れそうになったものだ。

平民の男も続いて退室しようとして、ふと足を止める。

「あの、李さん」

「なんでしょうか……？」

珠華は呼ばれて、平民の男のほうを振り向いた。

彼はそのまま珠華の前まで来ると、片手を差し出した。

「李さんの術、お見事でした。あなたのような術師と同期としてやっていけるのは、大変光栄です。あ、僕は徐真才と言います」

「李珠華です。……こちらこそ、そう言っていただけると心強いです。よろしくお願いします」

珠華は差し出された手を握り、微笑んで答える。

（よかった）

正直、容姿や仙師の弟子という立場もあって、友好的な関係を築ける同僚など期待していなかった。けれど、少なくとも真才とは上手くやっていけそうだ。

これまでの行動や、〝気〟を感じれば彼が善人であることは見て取れる。

真才は「よろしく」と答えると、手を離し、退室した。

「さて、私たちも帰りましょうか」

珠華が子軌と、サン、ロウにそう声をかけたところで、横合いから待ったがかかった。

「お待ちください。李珠華さん、あなたにはこれから来てもらう場所があります。もちろん、全員ご一緒で構いませんので」

下官はそこはかとなく緊張した面持ちで、そう告げた。

はて、試験のあとに珠華だけ、どこに連れていかれるのだろう。心当たりは特にないのだが。

珠華たちは顔を見合わせて首を捻りつつ、言われるまま、部屋に羽宝和を残して下官について退室し、そのまま祠部の官衙内の廊下を歩いていく。

（綺麗な場所ね）

途中、廊下から見える中庭は、まだ色づく前の青々とした槭（かえで）の木が立ち、ちょっとした池もあって趣があった。こういう庭で詩歌などを詠めば、さぞ雅やかであるに違いない。後宮には華やかな美しさがあったけれども、此処は静謐（せいひつ）で沁みるような美しさを感じさせる。

しばらく進むと、下官はやたらと立派な装飾の施された扉の前で立ち止まった。

「こちらで、祠部長官がお待ちです。どうぞ」

「ど、どうぞって……」

珠華はあまりのことに呆気にとられる。この扉の向こうに祠部長官、現仙師である羽（う）法順（ほうじゅん）がいて、急に会えと？

とんでもない話だった。なぜ、今日ようやく試験に合格して宮廷巫女になることになったばかりの珠華が、そんな雲の上の人物と会う必要があるというのだ。

「面白くなってきた」

「全然面白くないわよっ」

悪びれもせず、無責任なことを口にする子軌に憤慨（ふんがい）するも、狼狽（うろた）えているうちに下官の手によって無情にも扉が叩かれてしまう。

ああ、そんな、と声を上げる暇もない。

「長官、失礼いたします。李珠華さんをお連れしました」

「入りなさい」

室内から低い声が響く。

そうだ。此処でこれから働いていく以上、気が乗らないので長官に会いたくないです、とは言っていられない。いつかはやってくる機会が今来ただけのこと。

（ええい、ままよ！）

珠華は深呼吸を一つしてから、ぐっと背筋を正して入室する。

「李珠華です。失礼いたします」

宮廷の作法に則（のっと）り、顔を伏せ、礼をする。当然だが、自分の足元が視界にあるばかりで、羽法順がいる机はよく見えない。

「楽にして、こちらに来なさい」

法順の声は、甚だ落ち着いていた。珠華に対して敵意も好意もない、すっと入ってくる声だ。

珠華は言われたとおりに顔を上げ、一歩を踏み出す。

正面には高級そうな木材を使った大きな机がある。そこにいるのが祠部の長であろうが、その容姿は珠華の想像とは違っていた。

(彼があの、羽法順……なの?)

まじないにかかわる者で、彼を知らない者はきっといない。

彼の実家、羽家といえば陵の北一帯、『朔領』を治める一族だ。皇族である劉一族に次ぐ地位にあたり、陵の四方を治める『四王家』の一つである。

羽家の祖となった『四臣』の一人、羽方は陵の太祖である劉天淵に付き従ったまじない師であり、その影響で今もなお北には比較的まじないに携わる人間が多いと聞く。

法順はその羽家の直系で、現羽王家当主、すなわち『羽王』の弟にあたる。王弟と言い換えることもできる立場であった。

さらにその身分の高さに加えて、まじないの腕も当代一との呼び声高い。

彼に関する数々の逸話があり、中でも最も有名なのが、魃を鎮めた話だろう。

北領のとある地域で、ある年、深刻な旱魃が起きた。

何十日にもわたって日照りが続き、土地からは水という水が消え、人も草木もどんどん干からびていく。すべての命が容赦ない陽光によって焼かれ、失われた。

無論、朝廷も手をこまねいていたわけではなく、何度も何度も、大勢の神官や巫女、まじない師といった術師が動員され、雨乞いをした。また、他の土地から水を運び、あるいは水のある土地へ人を運んだ。けれど、どの策も焼け石に水でしかない。

そんなとき、我こそはと立ち上がったのが当時、まだ十をいくらも過ぎていない幼い少年術師、羽法順であった。

彼は馬車に樽入りの水を積めるだけ積み、北領の都から旱魃のある地に赴くと、すぐにその旱魃がただの自然現象ではないことを看破した。

『この旱魃は、魃によるものです』

その地域の近くにそびえる山、そこに魃という大妖が住み着き、それが原因で日照りが続いている。法順はそう断言したという。

彼は少しの躊躇もなく山の中へ入っていくと、並みの術師なら逆に打ち負かされてもおかしくない大妖怪である魃を難なく退治した。しかもそれだけでも相当な気力を使っただろうに、麓(ふもと)へ戻るなり、丸一日以上に及ぶ祈禱をたった一人で行い、雨雲を呼んで雨を降らせ、土地を潤したのだ。

これが、今からおよそ三十年前の話。

当時幼かった羽法順は、現在四十を過ぎた壮年である。――はずなのだけれど。

珠華の眼前で、机に向かって書簡に筆を走らせる男は、どう見ても三十にも達していない。二十代前半といっても誰もが納得するだろう。

硬質な印象のある、やや吊り気味の目や薄い唇など、どこか宝和と似ているのは同じ羽一族の血縁である所以(ゆえん)か。

緩く波打つ艶(あで)やかな髪は非常に優雅な印象を与え、ほっそりとした指や象牙のような白い肌は、男性らしく骨ばっているのさえ無視すれば、どこぞの美女といっても通じそうだ。

若作りなのではなく、たぶん本当に身体が若い。神仙は不老であるというが、これが仙に近づいた人間の姿かと全身を一気に緊張が駆け抜ける。

さらり、と長い髪を揺らし、法順が机上から珠華のほうへ視線を上げた。

「君が、燕雲仙師の推薦で採用になった李珠華ですか」

「はい」

珠華がうなずくと、法順は宝和と似た厳然とした雰囲気を和らげ、意外にも小さく微笑さえ浮かべる。

「試験の結果は――聞かなくとも、明らかですね」

彼の、冬の世界を閉じ込めたような瞳が、珠華から傍らの式神たちへと向く。極寒の北領を象徴する透きとおった目は、何もかもを見抜いているようだ。

（……なんだか、不思議な感じ）

そんなはずはないのに、珠華は前にもあの瞳に射貫かれたことがある気がした。

「それほどの式神を作り、使うことができるなら、祠部の即戦力になれるでしょう。……が、その反面」

法順はいったん言葉を切ると、すう、と表情を消す。

「己がいかに危険な存在であるかは、承知していますね？」

その問いに、珠華は驚かなかった。事前に燕雲からそう訊（き）かれるだろうとは聞いていたし、まじない師として当たり前の心がけだからだ。

術を扱う、〝気〟を扱う。それは自然の摂理の一端を人為的に弄（いじ）る、ということにほかならない。よって、術に長ければ長けるほど、自然を好き勝手に捻じ曲げる力が強いということ。

だから、術も〝気〟も決して軽々しく扱っていいものではない。

珠華がまじない師になる前、なってからもずっと、それは基本の心構えとして燕雲からよくよく言い聞かされている。

「はい。もちろんです」

「もっと言えば、我々は宮廷という看板を背負っています。市井のまじない師と大きく違うのはそこです。公に看板を背負う者が自分勝手な考えで自然を曲げれば、それすら朝廷の総意と解釈されかねません。君の大きな力は諸刃の剣だと言ってもいいでしょう」

法順の口ぶりは、まるで夏にあった星の大祭での珠華の行動とその結果を、知っていて事前に釘を刺しているようだ。

珠華自身が夏の出来事をやましく思っているからそう感じるだけかもしれないけれど、相手が相手だけにその可能性がないともいえない。

「これからは、君が術を扱うということの危険性に加え、己の立場があるということもよくよく考えて行動してほしいのです」

「はい」

珠華は法順の言葉の意味を噛みしめ、あらためて気を引きしめた。

明日からはただの街のまじない師ではない。朝廷、ひいては皇帝の手足となって働くまじない師であり、宮廷巫女。

珠華の行動に対する責任は、珠華自身にだけでなく、珠華を採用している国の責任にもなる。

星の大祭でのことは、結果的に白焔の利益に繋がったからまだよかったが、今度からはあんな軽率な行動は慎むべきだろう。

（……まあ、あれほど肝が冷える経験はもう二度とごめんだけど）

諸刃の剣。法順の言ったことは、珠華も骨身に沁みて理解していた。

「と、そういう理由で、君の研修期間であるひと月の間、とっておきの目付け役をつけることにしました」

ん？　と珠華は首を傾げる。とっておきの目付け役とは、いったい。通常の指導役とは違うのだろうか。

不思議に思った珠華だったが、法順の指示で室に入ってきた人物を見て、すべてが吹き飛んだ。

つい先刻まで、顔を合わせていたその人物は。

「羽宝和。私の甥にあたる、現在の祠部の中でも主力の神官です」

「……よろしく」

　口ではそう言っていても、視線は鋭く珠華を突き刺してくる。

　まさか、あの羽宝和とひと月も共に行動しなくてはならないとは、どんな不運だ。気まずいなんて言葉ではすまない。

（冗談でしょ……）

　頭の中が真っ白になる。

　もっと他にも優秀な神官はいるだろうに、とか、宝和に夏のことを咎められたら、とか、やはり法順は夏の出来事の真相を知っていてこんなことをするのでは、とか。ぐるぐると支離滅裂な思考に混乱した珠華は、そのあとのやりとりをほとんど覚えていなかった。

＊　＊　＊

「珠華、やっぱあの羽宝和って人となんかあったろ」

　精も根も尽き果てて、疲労困憊で官衙の廊下を歩く珠華に、子軌が問う。

　なんとかあの場をやり過ごし、何事もなく帰路につけたのが、珠華には奇跡のように感じられた。

足元を並んで歩く白黒の猫の姿になったロウや、珠華の肩に乗っているサンも心配そうにこちらに注意を払っている。

「……夏に栄安市で会ったの。それで、ちょっと、いろいろあって」

珠華の答えに納得したのか、あるいは訊いてみただけでどうでもよかったのか、子軌は「ふーん」と返事をしてそれきり。

現状は前途多難。これに尽きる。

これから先、少なくともひと月の間、珠華は宝和とどんな付き合い方をするべきか、まるでわからない。

元より、人付き合いはさほど経験がなく、不得手な珠華だ。

夏のことについて、相手に探りを入れるだの、駆け引きをするだの、まったくできる気がしない。かといって、正直に話しては藪蛇になるかもしれず、話さないといざ事が露見したときに誠意がないと思われかねない。

どちらにしろ、宝和との関係は始まる前から終わっている。

珠華は『宝和は星の大祭での件について、特に気にしていないし、言いふらすつもりも問い質すつもりもない』という、あるかどうかすら怪しい可能性に賭けるほかないのである。

（でも、気にしていないなんて絶対ありえないわよね……）

宝和はあのとき、あれだけ赤士昌にけちょんけちょんに言い負かされていた。よほどの能天気でなければ、悔しくて忘れられないだろう。

「……子軌」

「なに？」

「あなた、誰かにとぉっても悔しい思いをさせられたとして、その出来事を一、二か月で水に流せる？」

「うーん、悔しさの度合いにもよるけど、ちょっと難しいかもね」

少し考えてから返ってきた子軌の答えに、珠華は涙を流したい気分になりつつ「そりゃそうよね」としか言えなかった。

訊くまでもないことだ。しかも相手は、あのいかにも神経質そうな宝和である。外見で判断すべきではないけれど、呑気の代表のような子軌でもそうなのだから、宝和なら余計に気にしそうだ。

（終わった……）

落ち込みながらも廊下を進んでいると、珠華たちは官衙の玄関口にたどり着いた。

外はすでに日が傾き始めており、珠華たちと同じように帰途についているらしき人々の姿も散見される。

行きとは違い、周囲の視線があまり気にならなかったのはすべて、羽法順と羽宝和のせいだ。

そんな、明日からの身の振り方を考える珠華の前に、ふいに影が差した。

「なんだ、浮かぬ顔だな。不合格になったのか？」

珠華が目線を上げて、影の主を確かめるよりも早く、声をかけられる。

もう姿を見て確かめずとも、誰かわかった。その声は、珠華がよく知るものに違いない。

「不合格になんて、なっていません。——白焔様」

西日を背に堂々と立ちはだかるのは、頭から紗を羽織り、正体を隠して文官の格好をした怪しげな人影。だがしかし、その中身など知れている。

薄絹の布帛では隠しきれない長い黒髪は艶やかで美しく、布の隙間からちらりとのぞく瞳は、よく磨いた翠玉を嵌め込んであるかのごとく煌めく。全身から溢れんばかりの高貴さが滲む、長身の若い男。

陵国皇帝、劉白焔。その人である。

白焔ははっきり見えなくても明らかな、自信満々な笑みを浮かべ、仁王立ちで珠華たちと向かい合っていた。

「あ、皇帝陛下だ。どうしたの？」

「張子軌。もう少し声を低くしろ。文成を囮に執務を抜けてきたのがばれるだろう」

偉そうに腕を組み、はっはっはと笑って子軌を窘める白焔。珠華はよく知る宦官、文成に心の中で手を合わせた。

哀れなり、文成。しかも執務を抜け出してきたただなんて、きっと今頃、補佐役の宋墨徳も怒り心頭で白焔を捜し回っていることだろう。気の毒に。

「……白焔様、何かご用ですか」

「ん？」

多少、訊ねる口調が刺々しくなってしまうのは許してほしい。珠華とて、いつでも傍若無人な白焔の相手をできるほど、心に余裕があるとはかぎらないのだ。

白焔は不思議そうに目を瞬かせ、顎に手をやる。

「いや、ただ、そなたの試験合格を祝おうと思って来たのだが。……不合格ではなかったのだろう？」

「合格でした。一応」

珠華は意味もなく、なんとなく口ごもってしまった。

一応も何も合格だし、期待されているようでもあったのだが、宝和の表情を思い出して落ち着かない。

「当然だな。なにせ、この俺のまじない師なのだから。……で、何があったのだ」

訊ねられても、こんなところでは話せない。押し黙る珠華に、白焔は持ち前の勘の良さでこんな提案をした。

「ちょうどいい。とっておきの場所に案内しよう。帰りは遅くなるかもしれないが、きちんと送らせるし、問題ないだろう」

宝和の件は、白焔にもかかわる話だ。このまま帰ってもよくない。珠華はそう理由をつけて、ゆっくりとうなずいたのだった。

白焔の案内で、珠華たちは金慶宮内の片隅、皇帝の住まう慈宸殿の奥殿を中心とした区域と主に政に使われる本殿を中心とする区域との境目、さらにその隅の隅の忘れ去られたようにぽっかりと人気のない場所に建つ、小さな宮へとやってきた。

「宮殿の中なのに、静かだね」

子軌が辺りをきょろきょろと見回しながら言う。

珠華たちは金慶宮の敷地内に張り巡らされた回廊をずっと進んできたが、初めはたくさんの文官や武官が行き来していたのに、一つの角を曲がるたびに人通りが減り、目的地に着く頃にはすっかり閑散としていた。

人の気配や話し声なども遠ざかり、日没を迎えたために暗い。たまに吹く風で庭木の葉がさわさわと鳴り、草間から虫の声が響くくらいで、ひどくひっそりとしている。

「おれたち、しゃべってもいい？」

足元でロウが言うと、白焔は鷹揚（おうよう）にうなずいた。

「うむ、よいぞ。もともと人のあまり寄りつかぬ場所だし、今は人払いもしてあるしな」

「わーい」

「ロウ、はしゃぎすぎて珠華さまに迷惑をかけてはだめよ」

珠華の肩に乗っていたサンが飛び立ってロウの頭の上に移り、そう窘めれば、ロウはいかにも鬱陶（うっとう）しそうに前脚で頭上を払う仕草をする。

「わかってるよ。うるさいなぁ、サンは」

「なっ！　あなたねぇ！」

いつものごとく、ぎゃあぎゃあと喧嘩を始める二匹。珠華はなんとなく、自分と子軌の日々のやりとりも傍から見たらこんなふうなのかと重なることに気づいてしまい、居たたまれない。

白焔が喧嘩する二匹の姿を微笑ましそうに眺めつつ、「この部屋だ」ととある一室の前で立ち止まり、扉を開けた。

「ささやかながら、祝宴の席を設けさせてもらった」

こぢんまりとした室内には、大きな卓にたくさんの豪勢な料理や菓子、果物、酒などが並べられ、しっかり人数分の席が用意されていた。しかも『祝・合格』の文字が躍る垂れ幕までかけられている。

〈やっと来たか。余は待ちくたびれた〉

すでにどん、と一つの椅子を占拠しているのは、陵国初代皇帝……の霊、劉天淵だ。相変わらず、白焔との血の繋がりを感じさせるそっくりな美しい容貌で、そっくりな尊大さを醸し出している。

南領で出会った幽鬼である彼は、記憶を失っている。

珠華は、彼が幽鬼となって留まってしまった理由、生前の記憶を探し、無念を晴らして自然の〝気〟の流れに還す手伝いを頼まれているのだ。

「幽鬼も参加する祝宴って、なんか斬新～」

子軌がおかしそうに言うと、白焔と天淵が「そうだろう」と口を揃えた。なぜか揃ってしたり顔で。

（……あの、何もかもおかしいのだけど）

珠華は自分の感覚が信じられなくなってきた。

いくら顔見知りの幽鬼だからと、皆この状況をすんなり受け入れすぎではあるまいか。

「珠華、気に入らなかったか？」

白焔に問われ、彼のほうを振り向けば、いつもの煌めき輝く笑みよりもやや柔らかな顔とかち合う。そんな問いかけをしていても、決して自信のなさそうな面持ちにならないところが白焔らしい。

そして、そんな彼に何度も救われてきた。

珠華はいったん視線を足元に落としてから、再び白焔に向き直って微笑む。

「いいえ、うれしいです。いい友人を持ったなと、噛みしめていました」

せっかく祝いの席を用意してもらったのだ、いつまでも不機嫌そうにしていたら失礼だろう。

（でもこれで……最後にしなくちゃね）

明日からはもう、珠華も正式に祠部の一員だ。こんなふうに皇帝に特別扱いされていたら、いらぬ問題を引き起こしかねない。珠華自身のためでもあるし、白焔のためでもある。皇帝が高位貴族の出身でもなく、まだ宮廷巫女として一つも実績のない一臣下を贔屓するなんて、外聞が悪すぎる。

個人的な付き合いであると押し通すことも不可能ではないだろうが、たとえそれが事実でも、誰も彼もが納得してくれるわけではない。

ことさら『友人』を強調した珠華に、白焔は少しばかり眉尻を下げた。

「……そうだな。俺も、優秀なまじない師が友人で誇らしい」

二人の間に微妙な空気が漂う。

〈あの二人は何をやってるんだ？〉

「いやあ、きっといろいろあるんでしょ。身分を超えた運命の恋！　みたいな。俺的には、『お前に大事な娘はやれん！』って感じ」

〈ほう。なるほどな〉

「ちょっと！　聞こえてるわよ！」

ぼそぼそと囁き合う天淵と子軌。その好き勝手な内容はしっかり珠華の耳にも届いており、恥ずかしいやら腹立たしいやら。

別に珠華だって、好きでこんなやりとりをしているわけではないのに。

（何が、『身分を超えた運命の恋！』よ。それに、子軌の娘になった覚えはないんですけど!?）

白焔との間にあるこの感情は恋ではないし、愛でもない。強いていうなら、単なる友愛。

当の白焔は、天淵と子軌の話は聞こえていただろうに、特に訂正することなく、ただ笑っているだけだ。どうしてそんなに余裕で構えていられるのか、珠華には不思議だった。

（否定くらい、しなさいよ……）

まったく、とため息を吐き、若干熱くなった頬を冷ましながら、席につく。

あらためて卓子に並べられた品々を見ると、まさに心尽くし、貴族の宴会のような豪華な食事だ。

よく出汁のきいた羹（あつもの）の香りに、ほかほかと湯気を立てる蒸したての饅頭。豆や野菜を炒って煮たもの、塩や香草で風味付けした肉もたっぷりある。色とりどりの果物はどれも瑞々しく、菓子の甘い香ばしさが食欲を刺激する。

これらをわざわざ手配し、この席を用意してくれた白焔が、心から珠華を祝おうとしてくれるのを感じて胸が痛くなった。

己の行動が、彼の好意を無下にし続けているような気がして。

「でも……仕方ないわ」

「何が仕方ないんだ？」

「……なんでもありません」

珠華の隣に白焔が腰かける。子軌は向かいに天淵と並んで、式神の二匹も猫と鳥の姿のまま思い思いに着席した。

「では、珠華と子軌、二人の仕官を祝して」

白焔の掛け声に続いて、皆で杯を掲げ乾杯する。

全員、すっかり空腹だったのか、食事も酒もどんどん進んだ。実体のない幽鬼である天淵だけは実際に飲み食いするのではなく、食べ物の纏う〝気〟を味わっているようだが、それでも満足げだ。

珠華はちびちびと酒杯を傾けつつ、南領で出会った羽宝和と再び出会ってしまった件について、白焔に話して聞かせた。

「なるほど、羽宝和か……」

「困ります、本当に。もし彼が栄安市でのことを問題にするつもりがあるならとっくに私は捕まっているでしょうし、たぶんそれはないと思いますけど、個人的に恨みを持たれていたら上手くやっていける自信がありません」

せっかく真才という気のいい同僚も得て、懸念していた『実力不足を責められる』なんてことにもならず、上々の滑り出しだと安堵していたのにとんだ落とし穴だ。

「彼は俺の耳に届くほどに実績を上げている、若手の主力だ。普通なら羽長官はそなたに期待しているのだと考えるところだが……うーむ、悪いことをした」

「いえ、白焔様に謝っていただくようなことではないんですが」

別に白焔が悪いわけではない。

夏の一件は白焔からの依頼だったたし、その中で起きた不都合は彼の責任と言っていいのかもしれないけれども、宝和に見咎められる羽目になったのは、なにも彼ばかりのせいでもない。行き届いていなかったのは、皆一緒だ。

「はあ」

珠華の口から、酒気を帯びた吐息が漏れる。

責任の所在を明らかにするのではなく、今後、宝和とどう付き合っていくか、それが問題だった。

「すまぬ。もし何かあったら言ってくれ。できる範囲で対処する」

「はい……まあ、最終手段ですけどね」

珠華も白焰も揃って酒杯を口にし、少し肩を落とした。

そこで、なんともいえない違和感を覚える。はて、白焰はこのように殊勝な物言いをする人だっただろうか。

どうにも久しぶりに会った今日の彼は、いつもの調子ではない気がする。自信満々な発言も少ないようだし、やけに覇気がないようにも思えた。

気になりだしたらどうにも流せなくなって、珠華は隣をうかがった。

「白焰様、どこか具合でも悪いんですか？」

「ん？　なぜだ？」

きょとんとする白焰の顔はいつもどおりの輝かしさで、翳りは見当たらない。血色も悪くないし、体調のせいではなさそうだ。

「元気がないように見えるので。何かありました？　はっ、まさか」

珠華は一つだけ、白焰の身に影響がありそうな事柄に思い当たった。

「天淵さんがとり憑いているのが、負担になっているんじゃ」

幽鬼の天淵は、人にとり憑くことで憑いた先の人の〝気〟を吸う。そして今とり憑いているのは白焔だから、心身に何らかの負担があってもおかしくはない。

夏に会った七宝将の銀玉は、天淵と白焔の魂の形は似ているから、それほど影響はないと言っていたけれども、万が一ということもある。

もし皇帝の身に何かあって、その原因が幽鬼であるとなれば、完全に祠部の落ち度だし、知っていて放置した珠華の罪は重い。

やや緊張しながら言った珠華に白焔はなぜか流し目をし、謎のきめ顔をする。

「まだまだだな、珠華。俺が幽鬼に脅かされるわけがあるまい。たとえそれが偉大な祖霊であったとしてもだ」

「心配して損しました」

むっとしてそっぽを向いた珠華に、白焔は「だが」と続ける。

「落ち込んでいるのは、そうかもしれぬ」

呟かれた言葉はしおらしく、声はぼそりと低く掠れていた。珠華が再び白焔のほうを見ると、彼は椅子から立ち上がっているところだった。

「白焔様?」

「皆は引き続き楽しんでくれ。俺は少し席を外す」

そう言い残し、部屋を出て行ってしまう白焔。あまりに急な彼の態度の変化がどうしても気になった珠華は、そのあとを追う。

扉から部屋の外へ出ると、辺りは暗く、冷たい風が酒精で熱くなった頬を冷ましていく。自分ではたいして酔ったようには感じていなかったが、ほどほどに酔いが回っていたらしい。

ただ、頭はやけに冴えている。

「白焔様」

闇に包まれた歩廊の先を行く白焔の背に呼びかけると、その足はすぐに止まり、こちらを向いた。

「どうした？」

「どうした、ではないです。白焔様こそ、どうされたんですか」

やはり今日の彼はどこかおかしい。絶対に気のせいなどではない。落ち込む？　白焔が？　いや、彼とて人間なのだから、時には気落ちすることもあるだろう。ただ、それを表に出すような人ではなかったはず。

珠華は躊躇なく、三歩分くらいの距離まで白焔に近づく。

「何か、心配事ですか？　それとも——」

「珠華」

白焔は珠華の言葉を遮ると、真っ直ぐに視線を合わせた。

「本当に、宮廷巫女になるのか」

「なります。……ご不満ですか、私が出仕するのは」

今さら、あらたまってそんなことを聞かないでほしい。たとえ白焔に反対されても、珠華は宮廷巫女になるのをあきらめるつもりはない。

珠華が訊き返せば、白焔は拗ねた表情で唇を尖らせた。

「俺が正直に答えたら、そなたに嫌われそうだから言わない」

物憂げな白焔の口ぶりにどきり、とする。

そんな言い方、もう本心を答えているようなものだ。

宮廷巫女になってほしくないと言って、では彼が珠華にいったいどんな望みを抱いているのか、珠華は知らない。

けれども、どちらにしろ今までと同じような状況が続くのはありえない。白焔は皇帝であり、珠華は庶民の生まれ。これはどうしたって変わらないのに、互いに縁を切るにはすでに近すぎ、寄り添うには遠かった。

真面目に取り合ったらせっかくの決意が揺らぎそうで、珠華は何食わぬ顔のままわざと誤魔化した。

「私に嫌われそうなことを考えているんですか」

すると、白焔は首を捻ってから、ぽん、と手を打った。

「ん？　ああ、そなたが俺を嫌いになることはないか」

「そうですね。たった今、嫌いになりました」

自惚れも大概にしろと言いたかったが、相手は他ならぬ劉白焔であると、珠華もさすがに自重する。嫌い、と口に出した手前、それこそ今さらかもしれないが。

珠華の言葉に「それは困る」と笑いながら、白焔は一歩、こちらへ近づいた。

二人の距離はもう、珠華が白焔の顔を見上げなくてはならないくらい近い。

互いの身分を考えたら、決して実現しない距離だ。この距離感を綺麗さっぱりなかったことにできないから、こんなにももどかしい。

「合格、おめでとう。珠華——俺のまじない師」

微かに歩廊に差し込む月明かりに負けない、美しく煌めく微笑み。見慣れていたはずのそれに、珠華の胸は高鳴る。

（だ、だめだめ。高鳴っている場合じゃないのに……）

頬が熱いのは、酔いがまだ醒めていないせい、絶対にそうだ。そうに違いない。むむと、唇を強く結んだ珠華を見て、白焔は笑みを深くする。

「だが、願わくは、俺だけのまじない師でいてほしかった」

「……白焔様、結局本心を言ってしまってません？」

「いいや、これは『本心の一部』であって、全部ではない。ぎりぎり大丈夫だ」

適当かつ勝手な言い分は、実に白焔である。ため息をこぼしつつも、珠華はなんとなく心地のよさを感じていた。

彼とのやりとりは、自分の心が明るいほうへと引っ張り上げられているようで、珠華にとってても好ましい。

ただ単純に、離れがたいな、という気持ちが生じる。

だからだろうか、こんなことになってしまったのは。

「は、白焔様……」

気づくと、珠華は白焔のぬくもりで全身を包まれていた。——抱きしめられている、と一拍遅れて悟る。

「え、ちょ、ええ？」

間の抜けた自分の声が響いている。何がどうして、今までの流れでこうなったのか、理解ができない。頭の中が煮えているように熱く、湯気すら立ちそうで、まともな思考が働かなかった。

「そなたが悪いんだぞ。俺を捨てようとするから」

「す、捨てる!?　そんなつもりは」

とんでもない濡れ衣だ。珠華は慌てて否定して、でもそうなんだろうか、と口を噤んだ。言われてみれば、そういうことになるような。いや、ならないか。

「宮廷巫女になったって、皇帝陛下に仕えるのは変わりません」

「少し、黙ってくれ。しばらくこうさせてほしい」

低く耳元で囁かれると、背筋に痺れのようなものが走る。珠華はまた黙り込み、静かに己の腕を白焔の背に回した。

ささやかな衣擦れの音、虫の声。遠くから扉越しに皆の話し声も聞こえてくる。とくり、とくり、とやや速めの鼓動が響いていた。

しばらくそうしていたのち、珠華は小さく呟く。

「最後、ですからね」

珠華の身体を抱き込む大きな手と力強い腕が、その存在を確かめるようにわずかに動かされた。

「ああ……わかっている」

これで、最後。抱き合うなんて、友人の距離ではないのは重々承知。けれど、最後だからと己を正当化する。

（身分を超えた運命の恋、か……）

だとしたら、燃え上がる前に終わった恋だ。それが、正しい。でももし、春のあのとき——あのまま妃でいたら、何か変わったのだろうか。

珠華は広い胸に身体を預け、しばし目を閉じた。

二　まじない師と岩の男

日が昇ったばかりの、肌寒い早朝。

珠華は頭痛に悩まされながら、祠部の官衙へと出勤した。とんでもない初出勤である。

その様子を隣で子軌が心の底から愉快だと言わんばかりににやついて見ている。

頭痛の原因は、おそらく酒と……昨夜の度を過ぎた痴態のせい。気分は最悪だった。

「いやあ、昨日の晩は楽しかったな～」

子軌の何でもないような言葉が、まるで当てつけのようだ。珠華は少々過敏に幼馴染を睨んでしまう。

「……悪夢だったわ」

軽やかに囀（さえず）る小鳥さえ、憎らしく思えてくる。完全な八つ当たりだ。恥ずかしいのを怒りで誤魔化しているともいう。

昨夜はあのあと、白焔と無言で宴会場に戻ったはいいが、微妙に気まずくなって、当たり障りのない会話を交わしたのちにお開きとなった。

　子軌や天淵には白焔と何かあったことをすぐに見抜かれてしまい、直接的にからかわれたりはしないものの、先ほどのようにどことなく含みのある対応をされる。

　何も気づいていない式神のサンとロウは、たらふく食事を腹におさめて満足していたけれども。

　端的に言うと、羽目を外しすぎた。

（なんであんなことしちゃったのよ、私）

　思い出して、頭を抱える。しかも、別に嫌ではなかった自分に納得できない。

　仮にも白焔とは夫婦だったのだし、並んで寝ただけだが床も共にして、膝枕やらなにやらしたこともある。抱き合うくらいは今さらな気がするが、どうにも最後の最後に越えてはならない一線を越えてしまった気がしてならなかった。

（白焔様はけろっとしていて、それも腹立つし……）

　本当に何事もなかったように振る舞っていた白焔。今このときも、こうして頭を抱えて悩んでいるのが自分だけだと思うと、理不尽さでいっぱいだ。

（ええい、白焔様のことはこの際、忘れるわ！　私と関係ない人！　そう、遠い遠い上司みたいなものよ！）

祠部の門の前まで歩いてきて、珠華はいったん立ち止まり、両手で両頬を思いきり叩いた。

「よし」

気合いを入れ、もう一度だけ自身の身なりを確認する。

白を基調とした上衣と裙、披帛を組み合わせた巫女の衣装は、宮廷巫女になるにあたって奮発して布を買い、新しく仕立てた。基本的には夏に巫女に扮した際と似た格好になる。

紫の佩玉は祠部から支給されたもので、髪には華美すぎない簪を挿した。

懐には、手のひら大の小さな布袋におさめた水晶の指環を入れている。結局、行き場を失くした指環は、その辺りに放っておくわけにもいかず、今も珠華が持ち歩いている。

「完璧ね」

今までの服装では庶民丸出しだったのに、馬子にも衣装というものだろうか。

珠華のような外見でも一気にそれらしく見えるので、身なりを整えることの大切さがよくわかる。

(私は今日から扮装じゃなく、本物の宮廷巫女よ)

浮ついた気持ちで挑んで上手くいくほど、甘くない。指導係があの羽宝和ならきっとなおさらだ。

「うんうん。心機一転、がんばろう」

「ちょっと、子軌。私の心の声に勝手に相槌を打たないでくれる？」

やたらと溶けたような笑みを浮かべている子軌に心を読まれたようで、珠華はむっとする。

彼も普段のいかにも町人の青年然とした服装ではなく、こちらも白を主とした見習い神官の簡素な衣装を纏っている。

燕雲の推薦は宮廷占師としてだったはずだが、見習い期間は神官や巫女と同じ扱いになるそうだ。

と、そこで珠華ははたと思い至った。

「そういえば私、あなたがどこで誰の指導を受けて見習いをするのか聞いてないけど……」

「いやあ。俺、宮廷占師として本当にお呼びじゃないらしくてさ」

「でしょうね」

「すっごく適当に、珠華の幼馴染なら珠華にくっついていればいいんじゃないって感じでまあ、そうなった。だから、俺も珠華と一緒に羽宝和って人と行動することになりそう」

「嘘でしょ……」

いったいどうして。珠華は呆然と額に手を遣った。

(もうもうもうっ、どこもかしこもいい加減なんだから！)

とはいえ、なるべくしてこうなったのだろう。そもそも、かぎられた者しかなれない宮廷占師の少ない席が、子軌のような半端者のために空けられるとは考えにくい。

一方で、仙師だった燕雲からの推薦も無視できないはずだ。

であれば、どうせ箸にも棒にも掛からぬ新人、適当に勝手知ったる幼馴染の珠華と一括りにしておけばよい。

そんな、思惑とも呼べない杜撰な処理方法が目に見えるようだった。

「……頭が痛い」

「さあ、珠華。張り切って行こう！」

なぜか、うきうきと楽しそうに拳を天に突き上げる子軌を、珠華はもはや諦念を抱きつつ横目に見て、気を引きしめた。

子軌の調子につられて、たるんだ心持ちでいては、上手くいくものもいかなくなる。

顎を引き、背筋はしゃんと、歩幅は小さめに歩きだす。

どこか古い書物のような匂いの混じる、官衙の空気。肉眼では見えない清浄な〝気〟の流れに、官衙内の人や物の持つ個々の〝気〟や感情の〝気〟がたくさん含まれている。

珠華はそれらを一息に感じ取ってから、意識して〝気〟に対する自分の感覚を鈍く抑えた。でないと、あまりの情報量であっという間にのぼせあがってしまうからだ。たいていの術師はこうして日常生活で感じる〝気〟の量を自在に調整し、自身から発する〝気〟も弱めに控える。

「行きましょう」

昨日と同様、好奇の視線が珠華たちに突き刺さった。

それでも祠部では布帛を被らないと、珠華は決めていた。これから長い時間を過ごす場所で己の容姿を隠しても仕方ない。此処は、不特定多数の人々が集まる街中とは違う。どれだけ外見を揶揄されようと、実力で宮廷巫女としての地位や居場所を勝ち取るべき、戦場だ。

珠華がそんな覚悟を持てたのも、春の後宮での一件や、夏の栄安市での経験があるからこそ。ありのままの珠華を受け入れ、必要としてくれる人もいれば、活躍できる場所もある、それを知ることができたからだ。

真っ直ぐに官衙内を進んでいくと、昨日は下官が立っていたところに、今日はかの人物が静かに佇んでいた。

「おはようございます」

珠華が彼——羽宝和に挨拶をすれば、宝和は組んでいた腕を解いて向き直る。

「羽宝和だ。昨日も言ったが、長官から君たちの指導役を仰せつかった」

近くであらためて向き合うと、特徴的な鋭い〝気〟を微かに感じた。実際は〝気〟に温度はないけれど、晩秋の夜風のように冷たい。

珠華と子軌、二人で並んで礼をする。

ちなみに子軌の作法は、彼が祠部に入ると決まってから、連日昼夜を問わず詰め込んだもの。付け焼き刃だが、意外と様になっていた。

「ご指導、よろしくお願いいたします」

口を揃えた珠華たちに、宝和はうなずく。彼の様子は、栄安市での怒気を帯びた余裕のない態度と打って変わって、どこか寡黙そうな印象を受けた。

あのときの珠華と銀玉は、本当に警戒すべき不審者でしかなかったのだな、と思い知らされるようだ。

「私が指導役になったからには、下手な馴れ合いでお茶を濁すのは許さない。李珠華、君にもしっかり働いてもらう。結果、使えないと判断したら、見習いからやり直させるゆえ、覚悟しておけ」

「はい」

宝和は感情のこもらない瞳を、今度は子軌に向けた。

「張子軌、君もだ。本気で宮廷占師を目指すのであれば、生半可な覚悟では通用しない。見習いだからといった、甘い考えは捨てろ。まずは宮廷神官に匹敵する程度の〝気〟の操作を覚えてもらう」

「わかりました」

ひと通りの方針を告げ、宝和は「こっちだ」と珠華たちの横を通り過ぎ、珠華たちが抜けてきたばかりの官衙の玄関へと向かう。

いよいよ、珠華と子軌の初めての任務が始まる。

さっさと歩いて行ってしまう指導役の背を、二人は慌てて追った。

官衙を出た宝和がまず訪れたのは、金慶宮の敷地内にある馬車の待機所である。

相当な面積を占めている広場となっているこの場所には、たくさんの馬車と馬、そして御者たちが集まる。

金慶宮に勤める者が移動したいときには、身分証を見せれば無償で馬車を利用できるのだ。もちろん、運賃は国庫で賄（まかな）われる。

文官も武官も、貴族に連なる者や裕福な家の出の者が多いため、自前の馬車くらいは持っているのだが、いちいち呼び寄せて待っている時間ははっきり言って無駄だ。よって、効率化のために設けられた仕組みだった。

宝和は多くの馬車のうちの一つに迷いなく乗り込むと、簡潔に行き先を告げる。そのまま今にも出発しそうな馬車に、珠華たちも急いで飛び乗った。

ゆっくりと進みだした車内で、ずっと無言だった宝和が口を開く。

「ちょうど今日から、私はある怪異がらみの案件を手掛けることになっている。君たちは、その手伝いをしろ」

珠華はそれを聞いて、居住まいを正した。宝和は最高位の貴族らしい美しい所作で、向かいに座る珠華と子軌を見遣る。

「研修にはある意味、うってつけの案件だ。何しろ、貴族も絡むので、失敗すれば首が物理的に飛ぶ……可能性がある。そのくらいの緊張感があったほうが、身が入るだろう？」

ごくり、と無意識に喉が鳴った。

物理的に首が飛ぶ。すなわち、相手は高位の貴族。確かに物凄い緊張感が一瞬にして生じ、とんでもない重圧もあった。

研修期間の研修生の行動の責任は、指導役も負うことになる。

珠華たちが何かしくじれば宝和も、首は斬り落とされなくとも、馘首くらいはされるだろう。

「……やるなあ」

子軌も、いつになく気圧されたように呟いた。

それから、宝和は簡単に手掛ける案件の内容を説明する。

「今向かっているのが、祠部に怪異の解決を依頼してきた陶家の屋敷だ。かの家の当主が夜な夜な怪異に悩まされているため、これを祓ってほしいという」

説明の中に登場した単語のうち、一つ引っかかるものがあった。

（陶家……？　それって）

東の日昇領で、四王家である雷家に仕える貴族の家だ。そして、直系の姫君である陶瑛寿を後宮に妃として入れている家であり、あの『天墓』から盗まれた水晶の指環を何家(かけ)に売った家でもある。

　因縁がありすぎる。偶然だろうか。

（これも、天の導きかしら）

　珠華はしばし、逡巡(しゅんじゅん)する。

　陶家の家格は大貴族とも呼べるくらいに十分高く、南の楊家(ようけ)とも並ぶほどであるが、中央の皇家との縁があまりない。そのため、後宮でも陶瑛寿の地位は、彼女の目立たぬ性格とも相まって何桃醂(かとうりん)、呂明薔(ろめいしょう)よりも下だった。

　だが、国全体や朝廷においては高位の貴族であることに変わりない。その当主が怪異に悩まされているとあらば、大問題だ。

「すでに怪異の正体に、目星はついている。本人は猿に似ている、と言っていたが、おそらく猩猩(しょうじょう)だろう」

　宝和がさらり、と口にした妖の名に、疑問をぶつけたのは子軌だ。

「猩猩って？」

　あまりにも初歩的な疑問ゆえか、宝和は答える気すら起きないらしく、視線のみ珠華に寄越し、「答えろ」と無言で促してくる。

　正直、珠華とて答える気にはなれないのだけれど。

脳内の情報を整理するため、と己に言い聞かせて、珠華は基礎知識を子軌に説く。

「猩猩っていうのは、古くから多くの文献に登場する、有名な妖怪の一種よ。全身が毛で覆われていて、猿に似ているといわれているけれど、顔や足は人のようだといわれるわね。小さな子どものような声で鳴いて、人語を解するという説もある。山に棲んでいて、群れで歩き回るの」

「へえ……」

わかっているのか、いないのか、子軌はふむふむ、とうなずいてみせる。

「その猩猩ってやつ、厄介な妖怪なのか？」

「うーん、群れで襲ってくるとなれば、厄介かもね。でもどうして、襲われるなんてことになるのかしら……」

山に棲む妖怪と人がかかわることは稀だ。それこそ、羽法順が討伐した魃など妖怪が大災害を引き起こすのは何十年、何百年に一度。猩猩と遭遇したという話もそう頻繁に聞くものではない。

武陽や、地方の都に住む貴族であればなおさらだ。山に棲む妖怪は人里、ましてや街中になど入ってこない。つまり、故意に山奥へ分け入って探したり、おびき寄せたりしなければ、出会う機会がないのである。

だとすると、その陶家の当主は――。

珠華が語尾を濁せば、宝和がそれを引き継いだ。

「調査中だが、おおかた、何か恨みを買う真似をしたんだろう。妖怪を武陽にまで引き寄せ、あまつさえ都の人々を危険にさらすようなことは、断じて許せない」

宝和の語気は荒く、驚くほど憎々しげで、珠華と子軌は顔を見合わせる。

この武陽で宝和と再会して初めて、あの栄安市で出会ったときの宝和の面影を見た気がした。

どうやら、職務には人が変わったように真剣で、決まりごとを破るような人間を許さない性質らしい。そう、珠華は宝和の性格を分析する。

「群れで行動する猩猩が都に入り込んでいる可能性がある以上、他の民の身の安全を守るためにも討伐は急務。わかっているな？」

宝和に問われ、珠華は首肯した。

たとえ、陶家の当主の自業自得で猩猩に目をつけられているのだとしても、無関係の人々が巻き添えになるのだけは避けなければならない。

猩猩という妖怪について知識はあっても直接相対したことはないが、きっと珠華にも、できることがあるはずだ。

話していると、陶家の屋敷まではすぐだった。

貴族の屋敷は金慶宮の近くの一帯に集中している。武陽では、金慶宮から遠ざかるほど地価や家賃が下がるせいだ。

反対に、いわゆる下町にあたる、珠華や子軌の生まれ育った地域は極貧とまではいかないが、裕福とはほど遠い庶民が多く住み、金慶宮とは距離がある。

立派な朱塗りの門の前で馬車を降りた珠華たちは、さっそく門番に用件を話して屋敷の敷地内へと案内された。

竹のややくすんだ緑が茂る庭の横を通り過ぎ、石を敷き詰めた正面玄関までの歩道を行く。

「いいなあ、貴族様の屋敷って広くて。金慶宮くらいになると大きすぎて立派だな、くらいにしか思わないけど、俺もこのくらい大きい家に住みたいかも」

子軌は目を輝かせて、よくわからないことを言っている。常日頃ふらふらと街中を冷やかして歩いている人間に、大きな家は必要なかろうに。

「これはこれは、お待ちしておりました、羽宝和様」

たいそう飾り立てられた玄関口では、大勢の使用人を引き連れ、これまたやたらと着飾った恰幅のいい初老の男が三人を出迎えた。以前ちらと見かけた陶瑛寿とはあまり似ていないが、この男が陶家当主であるに違いない。彼の斜め後ろに静かに控えている美女が夫人だろう。娘は夫人似らしい。

「はるばる足を運んでいただき、恐悦至極でございます」

男は揉み手すらする勢いで、わざとらしい笑みを貼りつけ、露骨に宝和におもねる。

一方の宝和は、特に礼を返すこともない。

(そうよね、宝和様は宮廷神官である以前に四王家の王子様だもの。彼に頭を下げさせられるのは、四王と皇帝くらいね。忘れそうになるけど)

どうにも第一印象があまりよくなかったせいか、宝和があの四王家の直系であるのを失念しそうになる。

だが、彼の生まれ持った身分は非常に高貴。一族の長でさえ、彼の前では下手に出るしかない。

「陶説（とうせつ）だな」

宝和の声音は、心底、軽蔑していると言わんばかりに冷え切っていた。陶家当主──陶説の胡麻擂（ごます）りは無駄に終わりそうだ。

「ははあ、いかにも。此度はわざわざ貴方様のような方にわたくしめの災難を祓っていただけると聞き、心から──」

「そういうのは必要ない。私は妖怪を退治しに来ただけだ。早く案内しろ」

陶説の長々しくなりそうな文言を一蹴し、宝和は屋敷の中へずんずんと入っていく。横柄にも思えるが、彼にとっては普通なのだろう。

珠華と子軌も、宝和のあとを追おうと屋敷へ足を踏み入れる。

しかしながら、間髪容れず前方を大勢の使用人たちに阻まれてしまった。

「お付きの者は屋敷の外で待つように」

淡々と使用人の一人が言い放つ。珠華と子軌を、単なる宝和の付き人だと信じて疑っていない目だった。

(何よ、こっちは宮廷巫女の格好をしているのに！)

唐突にぶつけられた理不尽が、腹立たしい。

珠華の服装はきちんと宮廷巫女そのものだし、身分を証明する佩玉も身につけている。付き人に間違われる謂れはない。

「私たちは付き人ではなく、宝和様と一緒にこちらに派遣された宮廷巫女と見習いです。通してくださいませんか」

珠華は努めて丁寧に、言葉を選んで請うた。ところが、使用人たちの視線がますます厳しくなる。

「……穢らわしい」

使用人のうちの誰か一人の、ぼそり、と呟いた一言がやけに響いた。

その言葉が指すのは、珠華の外見のことか、あるいは珠華たち二人の身分のことか。

生まれ持った身分なぞ今の服装からは判断できないので、おそらく前者だ。

やっぱり外に出るなら髪と瞳を隠してくればよかったかもしれない。そんな弱気な考えが、珠華の脳裏をよぎる。

(いいえ、違う。ここは毅然と対応しないと)

うつむきかけた顔を上げて、珠華が口を開こうとしたとき。

「ちょっと、そういうのはどうかと」

憤慨し、いきり立ったのは子軌。次いで、

「そこの二人は正式に祠部に所属する者だ。通せ」

いつの間にか、先に行っていたはずの宝和が戻ってきて、使用人と陶説に命じていた。

不服そうに道を空ける使用人たちを見たら、珠華はなんだか気が抜けたような気分になった。

本当に気を抜いたわけではない。ただ、「さあ理不尽に立ち向かうぞ」と膨らませた勇気が、行き場を失くして萎んだ、そんな心地だった。

（これまでになかった、新境地って感じね）

幼い頃から変わらず珠華を守ろうとしてくれたのは、子軌だった。容姿の奇異さなど気にする必要はないと励ましてくれたのは、白焔。宝和はそのどちらでもなく、珠華をただの人として扱っている。

たぶん、一般的な人にとっては当たり前のこと。だが、珠華にとっては不思議な体験だった。

「失礼いたします」

珠華は穏やかな心境で、そう頭を軽く下げてから屋敷に踏み入る。

陶家の屋敷はひどく豪奢だった。瀟洒、かどうかはわからないが、とにかく凝っていて金のかかった装飾がそこかしこに施されている。

柱や壁、天井、床、いたるところに金や瑠璃があしらわれ、花に蝶にと意匠も華やかだ。煌びやかで綺麗だとは感じるものの、珠華の私見としては、趣味がいいとはあまり思えなかった。

窓から広い庭を望める一室に通された宝和は、陶説の勧めで臆することなく、上座の椅子へ腰かける。

卓子に椅子といった調度品、用意された茶器から茶請けの皿にいたるまで、いちいち高価そうな逸品ばかりで、目が回りそうである。

陶説は、珠華と子軌が部屋に入るのを嫌そうに睨んだのち、自身も椅子に座って口火を切った。

「此度は当家にお越しいただき、まことに感謝いたします。羽宝和様。……して、一つお聞きしたいことがございまして」

「なんだ」

再び、陶説の眼差しが部屋の壁際に寄って佇む珠華たちに向いた。

「あの者らはなんなのです？　見たところ、下賤の者でございましょう。当家にも、ましてや宮中にも相応しくない身分の者と見受けますが。祠部があのような者どもを受け入れるようになったとは、知りませなんだ」

まだ言うか、と珠華は眉根を寄せた。

あの陶説という男、自分の家に庶民を入れるのがよほど嫌らしい。自ら庶民の営まじない屋を訪ねてきた白焔とは、大違いである。

試験のときの貴族の男といい、貴族と庶民の間には隔たりがあるけれど、それを作り出しているのは庶民を拒絶する一部の貴族だ。

それなのに、ひとたび庶民のほうからそれを指摘すれば『負け犬の遠吠え』と断じられ、嘲笑されるのが関の山。

（こっちは仕事で来ているのに）

せめて、自分が依頼した相手にけちをつけるのは、やめたほうがいいのではないだろうか。

珠華は不快感から、わずかに顔をしかめる。

「こちらは大金をお支払いしてわざわざ公の機関である祠部に依頼しているのです。だというのに、派遣されるのがどこの馬の骨とも知れぬ下賤の者では、意味がない。わたくしどものこの気持ち、貴方様ならばご理解いただけませんか」

やれやれ、と嘆息し、どこか諭すように言う陶説。

白いものの交じった髪と鬚は立派だが、階級の意識に凝り固まった思想を、宝和を前にしてまで堂々と披露するのはむしろ滑稽であった。

ただでさえ、宝和は最初から陶説に対していい印象を抱いていないのだから。

その説教じみた話しぶりも宝和の気に障ったのだろう。元から鋭い目つきが、ますます研ぎ澄まされていくようだ。

「陶説」

「は、なんでございましょう」

宝和は椅子から立ち上がり、どっかりと座ったままの恰幅の良い依頼主を見下ろした。

「我々のやり方に文句があるというのなら、このまま帰るが、よいな？」

「は……？　宝和様もお帰りになられると？　あの者どもだけ帰せば、それで話は済むはずで」

「貴殿は祠部に不信感があるようだ。そのような組織には安心して依頼を任せられまい。余所（よそ）へ頼むといい」

平坦な口調ですっぱりと言い切り、開け放たれた部屋の扉のほうへと近づく彼の足取りにいっさい迷いはなく、本当に帰るつもりなのがわかった。

宝和の本気が陶説にも伝わったのだろう。

彼は蒼白になり、泡を食って「お待ちください！」と引き留める。

「不信感などありませぬ！　お願いいたします、お見捨てにならないでください。困っているのです。このままではわたくしは化け物にとり殺されてしまいます」

息せき切って畳みかけるがごとく訴えた陶説の怯えは、本物らしかった。

それで絆（ほだ）される珠華ではないけれど、これにどのように対応するのか気になって、宝和の表情をうかがう。

「貴殿が我々に支払った金銭は、派遣される宮廷神官および巫女の身分ではなく、その技術を保証するものだ。納得がいかないのであれば、貴殿が自ら信頼できるまじない屋でも探して依頼すべきこと」

「納得しております、しておりますから、どうかお助けを」

流れる汗を絹の手巾で拭いつつ、陶説は宝和に縋った。終始、陶説を見下ろしていた宝和はようやく無言で席に戻り、小さく息を吐いた。

「では、まずは詳しく状況を聞こう」

宝和に促され、陶説が語りだす。

「は、はい。わたくしめの魂は、どうやらこの身体から抜け出しているようなのでございます――」

陶説曰く。

毎晩、床について寝入ってしまうと、夜半に前触れなく目が覚める。しかし、それは真に目覚めているのではなく肉体は眠っており、意識だけが覚醒した状態なのだという。

目覚めた陶説の意識が自然に、風に煽られるようにして眠る肉体を離れ、屋敷の中をさまよう。すると決まって最後に玄関にたどり着く。

「初めは、門の外でした」

門の向こうに、何か小柄な生き物の集団が見えたそうだ。

一晩、一晩、同じ出来事を繰り返すうち、集団は徐々に近づいてくる。最初は門の外、次は門の前。その次はちょうど門をくぐるところで、さらにその次は、あの石の敷き詰められた歩道を、一歩、また一歩と進みくる。

集団はよく見ると、皆同じ姿であった。

全身は短い毛に覆われ、頭部にのみ髪に似た長い毛が生えている。容貌は人間に近く、二足で歩いているらしい。

それらは、稚児(ちご)のようなあどけない声でずっと鳴いていた。

だんだんはっきり聞き取れるようになってきた頃合いで耳を澄ませてみると、鳴き声ではなく、幾度も陶説への呪いの言葉を唱えているようだった。

ムクイ、ムクイ。ムクイ、ムクイ――報い、と。

その黒々とした目は真っ直ぐに陶説を見、ぎらついている。牙を剝き、爪を構えて、今か今かと陶説を狩るときを待っているのだ。

「もう、怖ろしくて、怖ろしくて」

青褪め、震えあがり、話し終わった陶説は頭を抱えた。やや芝居がかった大袈裟な素振りだが、これがこの男の癖なのかもしれない。

宝和は今にも舌打ちしそうな、忌々しげな表情で陶説を眺めていた。

「その妖怪に襲われる、あるいは『報い』を受けさせられる心当たりは？」

「あ、あるわけがございません！　貴族が妖怪のいるような場所に行くはずありませんでしょう」

陶説は勢いよく頭（かぶり）を振る。

珠華は子軌とともに壁際に立って話を聞いていたが、最初に抱いた感想は「白々しい」だった。

「あのオッサン、嘘ついてるっぽいな～」

隣の子軌も周囲に聞こえない程度の小声で呟いている。

どんなに表面を上手く取り繕おうともわずかに〝気〟に悪意が滲んでしまうので、警戒した術師には丸わかりだ。

「子軌、あなた〝気〟を感じられるようになったの？」

「うーん、よくわかんないけど勘？」

へらへらとした幼馴染に、また適当にはぐらかされる。

（長い付き合いだけど、こう、大事なところで結構あしらわれている気がするのよね……）

子軌がいい加減に珠華を扱っているとは思わない。けれど、彼の心の奥底に手を伸ばそうとすると決まって、のらりくらりと躱（かわ）された。

「何？　どうかした？」

「なんでもないわ。……ただ、あなたって何を考えているかわからないわよね」

そういえば昔、どうして真面目に働かないのかと訊ねたことがあった。

半分、答えを予想して訊いたのだ、どうせ「面倒じゃん」とか「乾物屋に向いてないんだ」といったろくでもない答えが返ってくるのだろうと。

しかし。

『労働は尊いよ。俺は両親を尊敬してる。ただ、俺はその時まで自分の人生を固めたくないんだよね』

平然とした態度で返された答えが、これだった。

このとき、珠華は子軌が秘めているものの一端に触れた気がした。詭弁のようにも聞こえるし、具体的に何かはわからないものの、確かにそこから『子軌自身』を感じた、とでも言おうか。

（未だに『その時』とか『人生を固めたくない』とか、ちょっと意味不明だけど）

まあ、こんなときに子軌のことを考えても仕方がない。

珠華が余計な思考を振り払おうとすると、ちょうど「李珠華、こちらへ来い」と宝和に呼ばれ、返事をしてからそちらへ歩きだす。

その際に、子軌の小さな呟きが耳に入った。

「俺が考えてることとってわりと、わかりやすいと思うよ」

「え？」

「ずっと、たった一つだけだからさ」

振り返った珠華の目に映ったのは達観したような、あるいは老成したような、穏やかな微笑。初めて見る表情で、まるで子軌とは思えない表情でもあった。

追及しようにも、宝和に呼ばれてしまっている上、今は仕事中だ。珠華は歯痒い気持ちで、再び子軌に背を向ける。

できるだけ急いで、しかし礼儀を意識しながら、宝和と陶説のいる卓子に珠華は近づいた。

「御用でしょうか」

あからさまに嫌そうな顔をする陶説とは対照的に、宝和は無表情でうなずく。

「やはり、怪異の正体は猩猩で間違いないと考えるが、君はどうすべきだと思う？」

「夜に待ち伏せて、討伐するのが定石かと」

安直だが、他にどうしようもない。一度とり憑いてしまったものは、ただ追い払ってもまた憑いてしまう可能性が高いのだ。

現れる場所はわかっているし、陶説の魂が抜けだしてしまう問題はおそらく猩猩たちの〝気〟に引きずられてのことであろうから、単純に祓ってしまうにかぎる。

「では、討伐は君が主導でやれ」

「わかりました」

そうして、珠華たちは日が暮れるまで陶家の屋敷で待機し、深夜に怪異を退治することになった。


昼間の熱を帯びた燦々（さんさん）たる日が傾き、沈み、空の色が橙から藍、夜の色へと移ろう。無数の星が瞬き、月が辺りを照らす。

まじない師の依頼において、怪異の動きが活発になる夜は特に重要で、術師も怪異の活動に合わせ、盛んに動き出す頃合いである。

これは同じく術を扱い、怪異と対峙する宮廷神官、巫女も同様だった。

珠華たちは、そろそろ陶家の屋敷の者たちが寝静まろうかという時刻、ひっそりと屋敷の玄関口へ出る。

「まだ早くない？」

猩猩たちが現れるという深夜まではまだ間がある。子軌がやや不服そうに問うてきた。

「いいの。いつもの垂れ目が若干細く見えるのは、眠いからか。

「いいの。遅れるよりは、待たされるほうがましよ。あなたもこれから依頼をこなすなら、こういう夜のお勤めに慣れたほうがいいわ」

まじない師見習いをしていたときも、こんなことは日常茶飯事だった。

幽鬼や妖怪といった人ならざるものの〝気〟は、日暮れとともに強さを増す。実体を持たぬ幽鬼でも人に姿を見せられるようになったり、知恵の働く強い妖怪ならば妖術を使うようになったりするのだ。

人が日中に活動して夜は眠るように、人ならざるものは日中は暗がりで息を潜め、夜に精力的になるのである。

現在は白焰にとり憑き、金慶宮などをふらふらとしている幽鬼の天淵も、昼間は彼に感づく人間が少ないので割り合い自由に動いているけれども、日没後は彼自身の力が強くなってしまい、無関係の人らに姿を見られてしまうため、行動には注意しているらしい。

そういうわけで、夜は人ならざる怪異の時間。怪異に触れるのならば夜が最適ゆえ、自然と彼らと相対する術師も夜に動くことが多くなる。

ふわふわと大欠伸をする子軌に、珠華は竹筒に入れた水を差しだした。

「ほら、ちゃんと目を覚ましておきなさい」

「これなに。強烈な気付け薬?」

「ただの水よ!」

あまりに頓珍漢（とんちんかん）なことを口走る子軌に対し、珠華は額に青筋を浮かべつつ、懐からお馴染の木簡を取り出す。

いつものように手順を踏み、術を起こすと二匹の式神が現れた。

「サン、ロウ。今夜もお願いね」

小鳥の形のサンは身軽に地面に着地し、猫の形のロウはぐっと伸びをしてから、胸を張ってそれぞれ返事をする。

「お任せください、珠華さま」

「やるぞー!」

張り切った二匹は、さっそく見回りだと門や庭のほうへ向かって駆け出した。その愛らしい後ろ姿を見送って、珠華は子軌から竹筒を受けとる。

「ありがと、珠華。おかげさまで目が覚めたよ」

よかったわ、と返してから、彼にまだ重要なことを聞いていなかったのを思い出した。

「猩猩を祓うのに、多少手荒なことになると思うのだけど、子軌、あなたにできるの？」

珠華は子軌が妖の類にかかわっているのを見たことがない。

長くまじない屋に出入りし、珠華や燕雲と接してきたためか、勘は鋭く、おぼろげながらでも〝気〟を感じ取ったり、昼でも幽鬼を見たりは可能なようであるが、それとこれとは話が別。

妖怪を祓うには、何らかの特殊な手段が必要だ。

術や力を込めた護符を使う、式神を使役する、神気を帯びた道具を用いる――そういった技能が要る。

今まで、ただのまじない屋の近所の子どもというだけだった子軌が、それらの手段を有しているとは思えないし、持っていれば気づけるはずであった。

「あー……素手とか？」

「無理でしょう」

やはり何もないらしい。珠華は呆れて半眼になってしまう。

すると、ちょうど宝和が遅れて屋敷から出てきた。陶説の歓待を受け、なかなか離してもらえなかったようだ。

「得物がないならこれを使え」

その宝和が何かを懐から取り出し、子軌に投げて寄越す。

両手で上手く受けとった子軌とともに、珠華は彼の掌中をのぞき込んだ。——それは、鞘におさまった短剣だった。

装飾は少なく、いたって素朴で平凡な短剣に見えるけれども、無論ただの武器ではない。

「まじないが織り込まれた短剣ですね」

呟いた珠華に、宝和が首肯する。

短剣を子軌が半分ほど抜いてみせると、同時によく研ぎ澄まされた刃から洗練された術の〝気〟が漏れ出た。

「綺麗……」

珠華は無意識にそう口にしていた。

施されているのはごく単純な破邪の術。いうなれば、魔除けの一種だ。しかし、術に無駄がなく、〝気〟も澄んでいてうっとり見惚れてしまいそうな業だった。

帯びている鋭い〝気〟から、これが宝和自身の施したものとわかる。

彼は悪くいえば真面目すぎるのかもしれない。でも反面、それは丁寧な仕事ぶりであるともいえるのだ、と珠華は思った。

「ただの魔除けの剣だ。磨いた金属はそれだけで魔除けになるが、まじないを付与することでその効果を高めることができる」

「ふむふむ」

「刃物くらい、扱えないとは言わせない。その剣は峰を当てるだけでも、効果を期待できるが」

「なるほど。当てるだけなら、鰹節を削るよりは楽かもですね～」

宝和の説明に、子軌は相槌を打ちながら聞き入っている。いきなり鰹節が出てくるあたり、いつになく子軌が乾物屋の息子らしいが、宝和は怪訝な顔だった。

もしかしたら、彼は生まれが高貴すぎて今一つ、ぴんとこないのかもしれない。

夜が更けていく。

昼間、屋敷の中で夜を待っていたときは、とにかく屋敷の者たちの目が厳しく針の筵のごとき居心地だった一方、宝和に夏のことを追及されるでもなく、三人で時折会話を交わしつつ過ごす時間は、あっという間に過ぎた。

冷たい夜風にさらされ、肌寒さに身体の冷えが気になってきた深夜、明らかにぐっと気温が下がる瞬間があった。

そして、その数瞬前から、珠華と宝和は視線を門のほうへと向ける。

「来ましたね」

「ああ」

サンとロウ、敷地内を見回っていた二匹の式神も慌てた様子で珠華の許へ駆けつけた。

子軌も最初はわかっていなかったようだが、珠華たちが身構えたのを見て、ようやく対峙すべき相手がやってきたのだと悟ったようだ。手の中で弄んでいた短剣を、一気に抜き放った。

「来た？」

「ええ。でも子軌、あなた、うっかりやられないでよ」

今まで妖怪との戦いなど経験したこともないであろう幼馴染に珠華が言うと、微かに息を呑む気配が伝わってくる。

まるで冬のような冷気は、少しの露（つゆ）を含み、霧（きり）となって周囲に立ち込める。

からん、ころん。からん、ころん。

何か軽いものが、石畳の地面を転がるがごとき音を響かせて、門の向こうに群れの影が浮かび上がった。

「下駄の音……？」

珠華は眉根を寄せた。群れを成す妖怪たちの足元によくよく目を凝らせば、全員ではないが、中に木製の下駄を履いている足が交ざっている。

下駄は人の手で作られるもの。それを山に棲む妖怪が持っているとは、どういうことか。

（やっぱり、そうなのかしら）

思案しかけたのを、無理やり振り払う。今は猩猩たちの相手に集中しなくては。

群れはますます屋敷へと近づき、その全貌が露わになっていった。

二足で歩く、ちょうど珠華の胸より下ほどの背丈しかない短軀（たんく）を、短い黄みを帯びた毛がびっしりと覆い、頭部だけ人間の髪に似て毛が長い。目鼻の造作がこれも人に似ており、足などは五本指に皮膚まで人そのもの。ぎょろりとした黒い瞳からは鋭い殺気が発せられ、唇の隙間からは白い犬歯がのぞく。

彼らは陶説の言ったとおり、「報い」という単語を、幼児のごとき高い声で繰り返し、ゆっくりと絶え間なく唱えていた。

直近では、窮奇や禍斗といった大妖と対峙した珠華だったが、それらとはまた違う、切羽詰まった恐怖というよりも、不気味さからくる怖気が背筋を這う。

「……あれ、並みのお化けより怖いんだけど」

冷や汗を滲ませ、子軌が言った。

相手の正体はわかっているのに、得体の知れない雰囲気がある。妖怪が明確に個人を恨み、意思を持ってとり殺そうとしているからかもしれない。

これまで対峙してきた妖怪たちはよくも悪くも猛獣に近く、人を襲ってもそこに心はなかった。

からん、ころん、からん、ころん。ひた、ひた、ひたひたひた。

下駄の音と、裸足が石畳の上を歩くたくさんの音が、徐々に、徐々に、こちらへ迫る。

「行きます!」

門をくぐった彼らの姿の一つ一つを視認できるようになると、珠華は子軌と宝和に声をかけて駆けだし、二人もそれに続いた。また式神の二匹も真っ先に飛び出していく。

珠華が用いるのは、火の術。魔を祓うには、これが一番使い勝手がよい。

猩猩の群れから少し距離をとって立ち止まり、珠華は慣れた呪文をすらすらと諳んじた。

「拝して南の祝融にお願い申し上げる。武陽、陶説の家宅に立ち入る悪鬼を退けよ。火を挙げてこれを焼き尽くせ。祝融よ、何卒、我に天を燭らす清き煙焔を与えんことを。急急如律令！」

珠華の口から発せられた呪文にのって、練り上げた〝気〟が術の形に整って猩猩を襲う。

彼らは逃げなかった。ただそれまでの歩調を守り、標的以外など視界に入ってすらいないようにひらすら前進する。

その群れの中から、勢いよく炎が燃え上がった。紅蓮の火柱が立ち、ぱっと昼のように辺りが照らされる。

「効いては、いるわよね」

猩猩たちは、自分たちの身体が燃えているというのに、断末魔すら上げなかった。

毛に火がつき、皮膚が燃え、肉を焼く。妖ゆえか、獣肉を焼くときの独特の匂いなどはないが、彼らの命が尽きていくのだけはわかる。

そこへ、人型をとり、棍を持ったロウが飛びかかり、サンは鳥の姿のまま身体を大きくして翼で風を起こし、火をさらに煽った。

子軌は躍り出たはいいものの、戦いの心得はないらしく、近くに来た相手に短剣の峰を当てている。短剣を当てられた者たちは、火傷を負ったようになっていた。

宝和の得物は矛のようだ。が、よく見ると少し違っていて、この長柄の武具を鎩という。

矛の場合は穂先が尖っているので刺突が主だが、鎩の切っ先は刃になっている。刀剣の刃をそのまま柄につけたような形で、斬撃をも可能とする。さらに、その刃の付け根の左右に牛の角に似た鋭い鐔が取り付けられており、敵の攻撃を防ぐ……まさに攻防一体の武具であった。

宝和は手にした己の鎩で、一挙に二、三匹の猩猩をまとめて屠った。

「――――」

次々に薙ぎ払われていく猩猩たちの、声にならない叫びが胸をつく。

抵抗しない生き物をただ虐殺しているがごとき気分が急に襲ってきて、珠華の口の中に苦みが広がった。

（……これが、正しいのよね？）

困っている人間がいる。街の人々を脅かすかもしれない妖怪が都に入り込んでしまったのだから、術師たる自分は彼らを退治すべきなはず――。

珠華の迷いが、現実になったのだろうか。

「え？」

気配を感じ、見上げた宙に不可思議なものが見えた。

（人が、飛んでる？）

刹那、風を切り、とんでもない質量、重量を持った何かが上空から降ってきて、凄まじい衝撃とともに珠華たちの眼前へ着地した。

ずどん！　という轟音と振動、足元の石畳に亀裂が走り、砕け散る感覚。空気が揺れ、反動で空中に砂利や塵が舞い上がって吹きつけてくる。

「きゃっ」

珠華はよろけながら咄嗟に瞼を閉じ、腕で顔を守った。どうしてか、懐に入れた水晶の指環が胸を焼くように熱い。

「珠華！」

誰よりも早く珠華の名を呼び、子軌が珠華の身体を抱きかかえ、背で突風から庇ってくれる。おかげで珠華はかすり傷一つ負わずに済んだ。

衝撃が止むと、子軌はそっと珠華の身体を離し、見たこともない険しい表情でこちらを凝視する。瞳の動きからして、珠華の身に傷がないかを隈なく確認しているらしい。

「あ、あの、ありがとう。子軌」

珠華はどぎまぎしつつ、礼を述べる。

まさかあんなふうに子軌が守ってくれるとは想像もしていなかった。いつもはへらへらしているばかりの幼馴染が急に男らしく、頼もしく見えて、気恥ずかしい。

「怪我はなかった？」

「う、うん」

「よかった」

子軌はほっと安堵の息を吐いて、相好を崩す。

「珠華さま！」

「ご主人様！　大丈夫!?」

サンは鳥から人型となり、ロウは人型のままで珠華のほうに駆け寄ってきた。

「大丈夫よ」

式神たちを安心させるように答えてから、珠華は子軌とともに突如として空中から落下してきたものへと向き直る。

そのものは、ちょうど珠華たちと猩猩たちの群れとを分断するように着地した——男、だった。

「よっと」

男は軽いかけ声でのっそりと上体を起こす。その体躯の大きさに、珠華は驚いて目を瞠った。

人間とは思えないほどの巨躯だ。

その男を形成する何もかもが、通常では考えられないほど大きい。珠華の身近で言うと、白焔が長身であるけれども、男はそれよりさらに頭二つほど抜けており、手足や胴にも隆々と筋肉が盛り上がっている。腕の太さだけでも、珠華の胴回りくらいありそうだ。

まさに、岩石。岩が人の形になったらこうだろう、と考えるような姿である。

あまりに大きすぎて、人ではないのではないかとすら思えてくるが、男の纏う〝気〟の感触は、妖怪とはまた違う。

「お前、何者だ」

宝和が鍛を構えて、男に向かって誰何(すいか)する。微かな敵意を滲ませ、眼光は鋭く、しかも強い警戒心も感じられた。

当たり前だ、あのような大男に牙を剝かれたら、ひとたまりもない。

「俺か？」

男は問い返して、背負っていた大剣で猩猩たちの群れを一薙ぎする。

「あっ」

珠華は思わず声を漏らし、口許を手で押さえる。

前進をやめ、一か所に留まっていた猩猩たちは、大剣によって斬られてはいなかった。代わりに、未だ燃え続けていた珠華の火の術がかき消されている。

術を〝気〟ごと、剣で両断され、散らされた。

(そんな……)

本来なら、刃を用いた物理的な攻撃などで乱されるような、やわな術ではないのに。

特別強固にしたわけではないとはいえ、易々と術を破られるのは、珠華にとって信じられない光景だった。

そればかりでなく、男は子軌が珠華を庇ったときに地面に放ったのであろう、宝和から渡された短剣も、沓を履いた足で踏み砕く。

　宝和は眉間に深いしわを寄せ、鍬を構え直した。

「早く答えろ、さもないと」

「ああ、答えるから、そんなもんで俺をなんとかしようと考えるのはやめとけって、な？　無理だからよ」

　幼子に言い聞かせるような口ぶりと仕草で、宝和と相対する男。暗がりであるが、浅黒い肌をした男の顔にはにっかりと明るく人懐っこい、『破顔』という語がよく似合う満面の笑みが浮かんでいるのが、見てとれる。

「……何やってんだよ」

　ぼそり、と背に珠華を庇ったままの子軌が小さく呟いた。珠華が「何のこと？」と問えば、「なんでもなーい」と軽い口調ではぐらかされる。

　首を傾げつつ、珠華が宝和を見遣れば、彼はありありと怒気を発していた。

「無理かどうか、試してみるか？」

「いやいや、だからやめとけって。あんた、火がつきやすい性質なのか？　彼我の力量差がわかんねえわけじゃないんだろ？」

　男が大剣を鞘におさめ、背負い直して宝和を制止する。そこまで言われては宝和も引かざるを得ないのだろう。彼は嘆息して、鍬を下ろした。

それと同時に、滅されずに残っていた猩猩たちの群れが、すう、と煙のように消えながら、来た道を引き返していく。

今日のところは気が済んだ、といったところか。

「ほら、あいつらも帰ったことだしな」

男は白い歯をのぞかせ、笑顔のままそう言うと、ひび割れた石畳の上にどっかりと腰を下ろした。座った姿はさらに、巌(いわお)を連想させる。

刃をおさめ、あぐらをかいて敵意がないことを示す男へ、珠華は子軌と一緒におそるおそる近寄った。

「俺は、逸石(いっせき)という。俺の目的は、あんたらにあの猩猩どもの邪魔をさせないことだ」

なぜ、わざわざそんなことを。一同の胸中はぴったり揃っていたことだろう。

人にとって、妖怪を庇い立てることに益はない。

長い時を生き、人と言葉を交わせるような大妖でなければ、そもそも意思疎通をはかるのが難しいからだ。

獣と同じで、相手が何を考えているのかわからない以上、棲み分けをし、互いの領分を侵したときには対処するほかない。

人と妖怪とのそういった関係性ゆえ、術師が妖怪を使役するといったとき以外に、両者が手を組む利点などなかった。

皆の疑問を察したのか、男——逸石は肩を竦めた。

「ま、一人くらいあいつらに味方するやつがいてもいいだろ？」

つうかよ、となぜかこちらに目を遣って、逸石は無造作に言葉を続ける。

「ずいぶん懐かしい顔があるじゃねぇか。なんで、お前……すい」

「わーわーわー！」

突如、柄にもない大声を出し、大きく手を振って逸石の話を遮る子軌。凄まじい速さで逸石の背後に立って、その口を後ろから塞いだ。

「な、何言っちゃってんのかなー。わけわからないよね、ね!?　あはは！」

子軌は右へ左へ視線が泳ぎ、言動も不審だらけで意味不明になっている。

宝和が眉を顰めるどころか、長い付き合いである珠華でさえ、奇妙すぎる子軌の反応に呆気にとられてしまった。

「……子軌。その人、知り合いなの？」

少なくとも、珠華には覚えがない。こんなにも目立つ大男だ、一度見たら絶対に忘れないだろうに。

訊ねられた子軌は、狼狽(ろうばい)して口ごもる。次いで、何かに気づいた様子でさっと逸石から距離をとり、両手を軽く上げる。

「ま、まさか！　知り合いじゃないよ。全然知らない人。初対面」

「じゃ、さっきの一連の行動はなんだったの」

「えーっと、そ、そう！　勘違い。なんか俺、初めての妖怪退治にちょっと興奮しておかしくなってた、みたいな！　そんな感じ！」

ずいぶんと苦しい言い訳にしか聞こえなかったが、これほど必死に誤魔化されては追及するのも骨が折れそうだ。

珠華と同じように、宝和もあきらめているのか、子軌に詰問する素振りはなかった。

ずいぶんと騒がしくなった夜は過ぎていく。

気づけばすでに、地平の向こうから朝光が漏れ出て、空が白み始めていた。

＊　＊　＊

いつからだろう。自分が、このような心持ちになったのは。

眼前の金慶宮の大広場には、地面が見えないほどひしめく多くの民。彼らの瞳は一様に、龍の玉座に座する彼のほうだけを向いていた。一途に、一心不乱に。一目でいいから、彼を見たいと。

けれど、彼にとって民たちはどうでもよかった。

否、どうでもよくはない。ただ、民がまとめて一つの記号のように感じられる。

少し前までは国中に蔓延っていた妖魔の類がそれで、魔の一匹一匹などどうでもよく、単に敵として処分し、減らすだけの存在。民も一人一人はどうでもよく、単に守り、増やしていけばいいだけの存在だ。

魔も民も、彼にとっては減らすか増やすかの違いしかなく、本質は同じだった。

『皇帝は、自分が思い描くように国を治めればそれでいい。個々人に興味など持たなくともよい』

この考えを、彼は気に入っていた。ある日、この考えが閃いたら心がとても楽になったのだ。

あの盟主との関係をどうしよう。民が望むことは何か。苦手な人物との交渉の仕方は。己が間違ったら国が傾いてしまうのか。苦しむ者たちへの救済は。まつろわぬ勢力と戦をするのか和解するのか。大勢の期待に応えたい。誰をどの場面で活躍させようか。

今まで、常にあらゆる悩みが脳内を占めていたのが、嘘のように。

自分は皇帝になったのだ、民や臣下や政敵の顔色をうかがう必要などない。人である以前に皇帝なのだから、誰かを慮る必要など――。

(本当に、そうだろうか)

違う、昔はもっと違った理想を抱いていたはずなのに、思い出せない。

彼女がよく言っていた。何を?

そうだ、彼女はどこへ行ってしまったのだろう。いつも自分の横で微笑んでいて、ときに励まし、叱咤してくれ、共に苦難を乗り越えた、何よりも大切な人は。

『――』

彼は彼女のものだったかもしれない、女の名を呟いた。頭が割れるようにずきずきと痛む。

十代で祖国を飛び出し、旅を始めた。国境を一歩踏み越えれば、そこには人の住めない魔の跋扈する地獄が広がっていて、身を寄せ合い、息を潜めて生き残ったわずかな人々は、苦しみ喘いでいた。

そんなときに彼女と出会い、人々の笑顔を取り戻すために戦いの道を選び、再出発した。そうして……ああ、その後はどうだったか。

　思い出せない。

『そのように苦しんで。余計なことは考えずともいいんですよ』

　柔らかく、包み込むような優しい声が隣からかけられる。余計なこと、そうかもしれない。過去を振り返っても意味はない。

　皇帝になった現在とこれから、大事なのはそれだけだ。


　白焔が目を覚ますと、自身の執務室の机の上だった。窓の外を見ればまだ暗いけれども、とっくに夜更けを過ぎて、明け方が近くなっているらしかった。

「いかん、眠ってしまったか」

　寝起きの掠れた喉で呟く。

　幸い、居眠りによって重要な書簡をぐしゃぐしゃにしたり、墨を垂らしたりなどはしていなかったようで、ほっと胸を撫で下ろした。

〈ああ、起きたか。何度か声をかけたが、まったく起きなかったぞ。大丈夫か？〉

　机の前に置かれた長椅子にふんぞり返ってもたれかかり、天淵が言う。どうやら今夜は記憶を探しに行ってはいなかったらしい。

天淵は現在、多くの時間を金慶宮で過ごしている。

以前はたまに珠華の許へ行っていたが、さすがに今は祠部に勤めだした彼女の邪魔をするのは控えているのだろう。

そもそも、天淵は初代皇帝の幽鬼である可能性が高いのだから、記憶を取り戻すきっかけになるものがあるのなら、千年の間、変わらず此処にあるこの金慶宮に違いなかった。

「天淵、何か記憶が戻りそうなものは見つかったか?」

〈いいや、皆無だ。残念ながらな〉

天淵はふんぞり返ったまま、腕を組み、大きく息を吐く。

珠華にも記憶を取り戻す手伝いを頼んでいるらしいが、彼女も彼女で多忙なため、協力を得られるのは先になる。もとより、千年前の人物の記憶をどうしたら思い出させることができるのか、白焰には見当もつかない。

完全に、暗礁(あんしょう)に乗り上げている。

(……何か、おかしな夢も見た気がしたが)

内容はよく覚えていない。前から白昼夢に悩まされていたけれど、最近は昼でも夜でも、寝ても覚めてもお構いなしだ。

（しかし、もしかして）

白焔が見せられるのは、知らない誰かの記憶。そして、そばには記憶を失くした天淵がいる。突拍子もない話だが、もしこの二つが繋がっているとしたら、白焔が見ているのは天淵の記憶だということになる。

そんな都合のいいことがあるかはわからない。だが、魂が似ていると言われた白焔と天淵だ、ありえなくもないのではなかろうか。

一つ、引っかかる箇所といえば、白焔が初めて白昼夢を見たのが天淵と出会う前であったということくらいである。

これはいずれ、珠華に相談してみたほうがよさそうだ。

「失礼。陛下、羽法順です。入室してもよろしいでしょうか」

ふいに、執務室の扉の前で声がした。

同時に天淵はどこかへ消えて身を隠し、それを確認した白焔は「よい」と応じる。

扉が開くと、足音一つ響かせることなく、美しい男がするりと部屋に入ってきた。

「失礼いたします。少し、連絡事項がございまして」

法順の所作は、実に優雅だ。

白焔は己の容姿が整っているという自覚を持っているが、唯一、この男に関しては己と並ぶと密かに思っていた。

「連絡事項？　こんな時間にか？」

白焔は片眉を跳ね上げて、首を傾げる。

早朝というにはまだ早いこの時刻、金慶宮にいるのは、警備の兵くらいである。緊急というわけでもなさそうだし、いったい何事だろう。

法順は、白焔の問いに艶然と笑んで答えた。

「この時間だからですよ。多くの前では言えませんから」

「なんだ？」

「近頃、この金慶宮に怪しげな幽鬼が漂っているようなのです」

怪しげな幽鬼、とはこれまた妙な言い回しだ。白焔は心当たりの幽鬼を思い浮かべながら、法順の言葉選びにどうでもいいつっこみを入れる。

一方の法順は、実年齢とかけ離れた美貌を困惑に歪ませた。

「いえ、幽鬼などというものは、本当はそこらじゅうにいるのです。一般的に人には見えませんし、我々のような人間も煩わしいので意識して見ないようにしていますが」

「ふむ」

「もちろん、この金慶宮にも普段から多くの害意のない幽鬼たちが出入りしています。星姫の守りは害のない弱い幽鬼ならばすり抜けますから。しかし、このところどうにも見覚えのない、それでいて強い〝気〟を持つ幽鬼が何日もうろついておりまして」

白焔は引きつった笑みで、表情を取り繕った。

内心では滝のような冷や汗が止まらない。なぜなら、天淵は白焔とそっくりであり、天淵に〝気〟を分け与えているのは白焔だからだ。

皇帝でありながら、不審な幽鬼を招き入れるとは何事か、と言われたら、まったくの正論にぐうの音も出ない。

「特にこの陛下の執務室付近にはよく出没しているようです」

完全に、天淵のことを指している。しかも、法順は執務室をぐるりと見回すと、意味ありげに眉尻を下げた。

「今も近くに幽鬼の気配がありますね。陛下、心当たりはございませんか」

「いや……ないな」

白焔は正直に打ち明けることなく、平然と嘘を吐く。

理由は明快で、いかにも白焔の身を案じているというふうを装う法順をあまり信用できないでいるからだ。

白焔が長年悩まされてきた、女性に触れられなくなる呪詛。春に珠華が解いてくれたあれを、この男ならば容易に解けたはずなのだ。何せ、彼は仙師である。

皇子であったときも、即位してからも、白焔は幾度も祠部に命じて自分に呪詛がかかっていないか調べさせた。けれども、一度として法順自身が白焔を診たことはなく、部下に診させては「わかりません」という答えだけが返ってくる。

ほかならぬ白焔の命令をそのように扱うなど、故意だったとしか思えない。であれば、今回だけ法順自ら白焔の身を案ずるというのも、おかしな話だ。

「そうですか。ですが、お気をつけください。幽鬼どもの中には言葉巧みに人間を誘導し、とり憑いて、生気を吸い取ってしまうものもおりますれば」

「ああ。気をつけ――」

返事をした瞬間、ぐわん、と白焔の視界が回った。頭の中がそっくり一回転するかのような眩暈（めまい）に襲われ、白焔は思わず机上に縋りつく。

途端に、脳裏に先ほどのうたた寝で見た記憶が、断片的に蘇ってきた。

金慶宮。多くの民たち。女の名。柔らかな声。

「陛下！」

慌てて駆け寄る法順を、なんとか片手で制す。

「平気だ。寝不足で疲れが溜まっているだけだろうから。少し休めば治る」

「ですが、そのように苦しそうに……余計なあれこれを考えすぎなのではありませんか」

法順の言葉と声は、いつかの誰かによく似ている気がした。それがいつなのか、誰なのか、白焔にはわからないけれど。

ようやく眩暈がおさまり、法順を退室させて、白焔は嘆息しつつ椅子に身体を預けた。

三　まじない師は、ぶつかる

金慶宮、祠部の官衙内のとある一室。

この室は、所属する神官や巫女が打ち合わせや休憩などに使うために設けられた場所であり、華美さはないがよく掃除され、小綺麗に整えられている。

室内には珠華と宝和が並んで長椅子に腰かけ、その後ろに子軌が立ち、卓子を挟んだ向かいには窮屈そうに逸石が一人で椅子に座っていた。

夜が明けたのち、全員でいったん金慶宮に戻った。

逸石から事情を聞くのなら陶家の屋敷でもよかったけれど、珠華や子軌が敷居を跨ぐのすら難色を示した陶説である。どこの馬の骨とも知れず、人間離れした巨軀の逸石のために場所を借りることはできなかった。

「それで？」

宝和が険しい〝気〟を微かに発しながら、逸石に訊ねる。

「すべてを、一から話してもらおうか」

「一からって言ってもよ、俺、莫迦だし上手く説明できねぇよ」

赤みの強い茶色の短髪の頭を掻き、逸石は「うん、無理だ！」と笑う。

「無理だろうがなんだろうが、早く話せ」

苛立ちも露わな宝和に、さすがにばつが悪くなったのか、逸石はしばらくして仕方ないと言いたげに訥々と経緯を説明し始めた。

「俺の役目は、さっきも言ったとおり、あんたらに猩猩どもの邪魔をさせないこと。正しくは、猩猩どもが無事に目的を果たして山へ帰るのを手伝うこと、なんだよな」

逸石は少し考え込んでから、話を続ける。

「猩猩たちに頼まれたんだ、手伝ってほしいってな」

「お前、猩猩と話をしたのか？」

待ったをかけたのは、宝和だった。

人と妖怪との意思疎通がほぼ不可能なのは、常識だ。それなのに、逸石はどうやって頼まれ、どうやって引き受けたのだろう。

「俺、妖怪の言ってることが漠然とわかるんだよな。んで、元から人と妖怪との橋渡し役？　みたいなのやってんの。あ、なんでそんなことしてんのかっていうのは訊かないでくれ。答えらんねぇからな。あの猩猩たちと会ったのもその流れでさ」

説明しているようで、内容が曖昧なため、たいして説明になっていない。わざとなのかそうでないのかは珠華には判断できなかった。

そもそも、人が妖怪の言っていることがわかるなんて、そう易々と信じられることではない。かといって、逸石がこんな曖昧な嘘を吐く道理もない。

「ま、つまり俺は、猩猩たちを滅されたら困るんだ。だから、悪いけど邪魔させてもらったし、あんたらにはあいつらから手を引いてほしいんだよな」

猩猩たちが目的を達成するまで、お前たちは指をくわえて見ていろ。逸石の言い分は、そういうことだ。

無論、珠華たちは祠部の者として、彼の主張を受け入れられない。

「却下だ」

宝和は間髪容れずに一刀両断する。

珠華とて、猩猩たちを一方的に祓う行為に疑問を抱かなかったわけではなかった。陶説のことも、積極的に助けたいとは思わない。

けれども、依頼主である陶説が望んでいる以上は、祠部として彼の命を助けなければならない。

「猩猩たちの目的って、何なんですか？　陶説様をいったい、どうしたいの？」

気になって、珠華は率直に訊ねた。隣の宝和は、なぜそんなことを訊くのかと、顔をしかめている。

逸石は太い眉を八の字にし、口を開いた。

「たぶん、殺す……だろうな。あいつら、その陶説って男を恨んでんだ。だから、ちょっとお仕置きするくらいじゃ、済まねぇと思うぞ」

「ならば、余計にお前の言うことには従えない」

話は終わりだ、とわざわざ口にはしなかったが、宝和は立ち上がり、「長官に報告してくる。君たちは休んでおくといい」とだけ告げて、部屋をあとにする。

その背からは、拒絶の心がはっきりと感じられた。

「やっぱ、こうなるよな」

一抹の寂しさを含ませて、逸石が呟く。

正直なところ、珠華は宝和ほど逸石の言を受け入れられないわけではない。きっとこれまでなら、自分でどうすべきか考え、師に相談し、どうにかいい落としどころがないかと探るほうへ、すぐに行動しただろう。

だが、今の珠華は祠部の宮廷巫女。

事前に法順から釘を刺されているように、好き勝手に動いてよい立場ではない。貴族で、大金を支払って祠部を頼った陶説の要望は絶対だし、珠華の判断でしていいことはごく少ない。

（……組織に属するって、案外、不自由なのね）

宮廷巫女になれば、遠くからでも大手を振って白焰の助けになれると考えていたけれど、珠華自身の意思で動けないのがとても歯痒い。

「あいつらも、好き好んで人間を襲うわけじゃないんだがなぁ」

重苦しい空気の中で、逸石のしんみりとした言葉が響いた。

「珠華、どうする？」

子軌が宝和が去ったあとの長椅子の空いたところへ座り、問う。

「俺はさ、適当に生きてるから、別に上の言うことなんか無視して勝手にやっちゃってもいいんじゃないって思うけど、珠華はそうじゃないだろ」

「……うん」

珠華個人としては、陶説よりも逸石のほうに好感を持っている。だから、つい逸石に肩入れしたくなってしまって、宮廷巫女としての考えと正面から衝突する。

けれど、せっかく宮廷巫女になり、これからというときに、任務を無視することもできない。

（嫌な人が相手でも、仕事だもの）

燕雲なら気に入らない客からの依頼はすかさず断ってしまうが、それはあの店が燕雲の店だからだ。

「私、少し出てくるわ」

珠華はもやもやと胸に澱んだものを振り払うように、腰を上げた。

こんなところで考え込んでいても仕方ないし、さすがに昨日からぶっ続けで働いて身体は疲れ切っている。宝和の許可もあることだし、外で休憩しても文句は言われまい。

「じゃ、俺も」

そう言って、座ったばかりの子軌も席を立つ。

室内に部外者の逸石だけ残していくのはどうかと思ったが、一歩でも部屋から出れば周りは人の目だらけなので、問題はないだろう。そもそも、彼が暴れ出しでもすれば、珠華にも手の打ちようがないのだから、見張っていてもいなくても同じだ。

「はあ」

退室するなり、大きなため息がこぼれた。近頃は、ため息ばかり吐いてしまう。

（あら？）

珠華が伏せていた目線を上げると、廊下で見知った人物がきょろきょろしながら、行ったり来たりしているのを見つけた。

「あれって……」

珠華に続いて部屋を出てきた子軌も、気づいたらしい。

声がしたからか、その人物が珠華たちの姿を認めて、ぱっと顔を輝かせた。

「珠華どの～！　捜しましたよぉ！」

その人物――宦官の文成は大きく手を振り、小走りで珠華たちに駆け寄る。相も変わらず、少年のごとき小柄な身体に幼げな顔つきで仕草もどこか愛嬌がある。

「文成様。ご無沙汰しています」

珠華が折り目正しく礼をすると、文成もすかさず表情を引き締め、それはそれは美しい無駄のない所作で礼を返した。

知り合ってこのかた、文成がこれほど宮廷人らしい振る舞いをしているのを見たことがなかったが、こうして見ると彼もまた優秀な官だとわかる。

と、珠華が感心したのも束の間。

文成は姿勢を元に戻すのと同時にすっかりいつもの調子に戻った。

「珠華どの、珠華どの！　これから、私と一緒に後宮に参りましょう！」

「後宮、ですか」

　これはまた、意外な用件である。思わず、珠華は目を瞬かせた。

「そうなんですよ！」

　なぜかいつにも増して弾んだ口調で、文成は前のめりに珠華へ詰め寄る。その勢いに押し負けて、珠華は一歩後退した。

「実は、楊梅花様から、珠華どのを昼餐に招待したいと申し出がありまして、私も同席させていただけるのです。美味しいものがたくさん出ますよぅ！」

　最後の一文の語気が、特に強めな文成。美味しいもの、というか、甘いものに目がないのが彼である。

　梅花に買収でもされたのだろうか。

（そっか、でも梅花様が）

　珠華は夏に知り合った、麗人のことを思い出す。

　楊梅花は、南の離領の有力貴族の姫君で、星の大祭で珠華たちが同行する際に協力してくれた。さっぱりとした性格の気のいい女性で、珠華も彼女とは楽しく過ごさせてもらった。

　夏以来、梅花には会っていないし、せっかくの申し出なので受けたい。

（気分転換にも、いいかもしれないわ）

祠部と後宮は暗黙の了解で互いに不可侵を保っているが、ほかならぬ妃嬪からの願いならば、後宮自体に何か手を出すわけでもなし、宮廷巫女の珠華が出入りしても文句は言われないはずだ。

珠華はこくりとうなずいた。

「いいですね。ぜひ行きたいです」

すると、後ろの子軌がくるりと身を翻し、首だけ珠華たちのほうを振り返ってから、片手を上げた。

「俺は後宮に行けないし、どこかで昼飯にしとくな」

「そうね。明日は一緒に食べない？」

「わかった。あ、だったら珠華の手作りがいいな～」

また面倒なことを言い出したぞ、と珠華は一瞬、口を噤むが、仕方あるまい。子軌をあまり野放しにしておくのは心配だし、そのくらいの些細な要望なら聞いても大した負担ではない。

「いいわ。とっておきの点心を、作ろうじゃないの」

「やった！」

朗らかに破顔し、軽い足取りで去っていく子軌。その間も、通りすがりの若い巫女たちの視線を一身に集めている。

（あの男、本当によくもてるのよね）

まったく困ったものだ。もし本気であの駄目男に引っかかる女性がいたら、大惨事である。

子軌を見送って、さっそく珠華は文成とともに後宮へと向かう。

金慶宮内はとにかく広大で、同じ敷地内だというのに祠部の官衙から後宮へ行くにも馬車を使わなくてはならなかった。歩いて行ったら、それだけで休憩時間が終わってしまう。

「珠華どのは、お元気でしたか」

移動中、文成に問われ、珠華は「ええ」とうなずいた。

「おかげさまで。白焰様からの依頼の報酬で、生活もいくらか豊かになりましたし。文成様こそ、一昨日は災難でしたね。白焰様に囮にされたとか」

「そう！　聞いてくださいよ！」

食い気味に言った文成の瞳が潤む。

「陛下が急に、『文成、此処でしばし書簡の整理をしておいてくれぬか』と言い出して、自分が指示されたとおりに陛下の執務室で作業をしていたら、いつの間にか陛下は窓から外へ！　信じられますか？」

「……相変わらずだな、と思いますね……」

珠華はあまりにも容易く想像できる光景に、遠い目をした。

ひと月の後宮生活でも、白焔の皇帝らしからぬ機動力の高さにはよく呆れさせられたものだ。どこの世界に、自ら妖怪退治に赴く一国の天子がいるというのか。

しかも、いたいけな文成を生贄にするとはなんとも悪質である。

皇帝が窓からこそこそ外へ出る様を想像してみると、愉快ではあるけれども。

「ひどすぎますよぅ……。それで陛下は皆で宴会。許せません。もう側近やめたい……」

わっと両手で顔を覆った文成に、珠華は同情を禁じえなかったが、ただでさえ味方の少なそうな白焔の下から側近である彼がいなくなってしまうのは困る。

「ま、まあまあ。文成様、だったら今日は楽しみましょうよ」

珠華がそう慰めると、文成は鼻を真っ赤にして首を縦に振った。

「そうします……」

後宮は高い塀に囲まれ、出入り口となる大門は常に物々しく兵が守りを固めている。

一見、不審人物が入り込むことに大変厳しく思え、実際にそうなのだが、後宮から女性を決して出さない——内と外、両方のための厳重な警備でもあった。

ひとえに、後宮は皇帝のためだけに用意された女の園であるがゆえ。

皇帝、あるいは直系の皇子以外の男性が後宮に入ることは、いかなる理由であれ許されていない。

馬車を降り、門をくぐると、珠華は久しぶりに後宮独特の空気を感じた。

午(ひる)の蒼穹(そうきゅう)に、いくつも並ぶ豪奢で華やかな朱塗りの宮たちは壮観で、四季折々に咲き誇る花々が品よく植えられて豊かな色彩を添える。

今の季節は、白や黄の大輪の菊や丹桂(きんもくせい)の小さな花々が愛らしく、また色鮮やかに庭を彩っていた。

同じ金慶宮内でも官衙などにはない、ほのかに甘さを秘めた香りが漂いきて、女性らしいうっとりしそうな、艶美な包容力を思わせた。

「こちらです」

すっかり優秀な宦官の顔つきに戻った文成に導かれ、珠華は梅花に与えられている宮、雪梅宮(せつばいきゅう)を目指す。

現在、後宮で暮らす妃はたったの四人。彼女らに仕える侍女や女官らを加えても、この後宮にはせいぜい百人ほどしかいない。それゆえか、広々とした宮の中は人気もさしてなく、閑散とした印象が強い。

珠華がいたときは、珠華自身も含めて七人は妃がいたのだから、当然のことかもしれなかった。

（あら？）

綺麗に磨かれた歩廊を行く途中、珠華たちはふと、侍女を引き連れた妃の一人とすれ違う。咄嗟にうつむいて礼の姿勢をとると、床を滑るように赤い絹の裙の裾が通り過ぎていく。

（今の、陶瑛寿様じゃなかった？）

礼をする前にちらと見えた妃の顔は、前に遠目に見かけた陶家の姫君、瑛寿だったように思う。

妃の一団が去ってしまうと、珠華は顔を上げ、その後ろ姿に目を遣った。

「文成様、あの方って陶瑛寿様ですよね」

「ああ、ええ。そうですね。どうかしましたか？」

珠華は不思議そうに首を傾げる文成に、笑って否定する。

「いえ、今、祠部で携わっている案件がちょうど陶家のことで、瑛寿様のお父上と縁があったので気になって」

あまり喜ばしい縁ではなかったけれど。……と、実際には口にしなかったが、心の中で付け足す。

（でもあの、赤い裙）

他にはない、たいそう美しい色だった。熟れてはじけた石榴（ざくろ）のように鮮やかで、姫君の白い肌との対比が際立って。

赤といえば、離領を象徴し、南の貴族が公式に用いる色だ。

無論、婚礼衣装などにも使われる縁起のよい色でもあるし、特定の場以外では他領の貴族もその色を使って問題ないけれど、どこか、何か引っかかる。

「陶家と、赤……」

「珠華どの？」

「何でもありません。行きましょう」

なおも怪訝な表情の文成に対し、首を横に振って誤魔化した珠華は再び歩き出す。

雪梅宮に近づくにつれ、鈴を転がすような、ころころと軽やかな女性たちの笑声が微かに響いた。

「あれかしら」

珠華は声に誘われ、歩廊から庭を眺めやる。

ようやくたどり着いた雪梅宮の庭園では、真っ赤な布をかけた卓を囲み、梅花とそのお付きの侍女たちが楽しそうに談笑していた。

気さくな梅花は、侍女たちとの関係も変わらず良好なようだ。

寄っていく珠華たちに、薄墨のごとく涼やかで凜とした佳人が気づいて顔を綻ばせた。

「あ、珠華さん。待っていたよ」

「お久しぶりでございます、梅花様」

宮廷に出仕する身分になった者として、先ほどの文成へと同じようにきっちりと作法に則った礼をした珠華を、梅花は柔らかな眼差しで見守ってくれる。

「ええ、お久しぶり。珠華さん。——文成様も、ようこそ」

「お招きいただき、ありがとうございます」

挨拶が済めば、談笑していたはずの侍女たちがいつの間にやら姿を消しており、その痕跡すら完璧に抹消され、珠華と文成のための席が用意されていた。

あまりの手際のよさに、疑問を抱く暇もない。

「よかったのですか、侍女の方々は……」

珠華が訊ねると、梅花は席に着くよう促しつつ、首肯する。

「いいんだ。こちらこそ、先に始めてしまっていて申し訳ない」

「いえ、それはまったく構いません」

そんな、何てことのないやりとりにおかしくなってしまって、珠華と梅花は笑い合う。

こうしている間にも、次々と茶器や軽食が運ばれてきて、みるみるうちに卓上が埋まっていく。やがて一昨日の晩の宴に勝るとも劣らぬ、豪華な食事が並んだ。

侍女の一人が、ゆったりと丁寧な手つきで茶を淹れる。

熱湯で温められた茶器に注がれた、黄金色の茶からふくよかな丹桂の香りが立つ。庭に咲く花と、季節とにぴったりと合った茶は、それだけで秋らしさを味わわせてくれる。

準備が整い、主催である梅花の一声で昼餐会が始まる。

開始直後からあくまで品よく、しかし、相当な勢いで料理を食しだした文成を横目に、珠華と梅花は世間話に花を咲かせた。

「昼間だし、珠華さんも文成様もお仕事があるだろうから、お酒は用意していないんだけど……よかったかな」

「はい、お気遣い痛み入ります」

「珠華さん、祠部の採用試験合格、おめでとう。その巫女服もよく似合っているね」

あらためて梅花から贈られた祝辞に、珠華は感激してしまう。

(梅花様、やっぱりいい人)

初めて、人間同士の信頼関係というものを認識した気がする。

彼女は最初から、後宮で珠華を助けられなかったことをわざわざ謝罪したり、大切な身分証明を貸してくれたりとずいぶん良くしてくれた。

その誠実さと親切さには、珠華も最大に敬意を払いたい。

「ありがとうございます……！」

感激しすぎて震えた喉が、泣いているみたいで恥ずかしい。

「陛下にも、極秘で祝宴を開いてもらったんだって？」

梅花は茶器をその薄い唇に運び、湿してから、そう珠華を揶揄(からか)った。その仕草に見惚れかけた珠華は、はっと我に返り、「そうなんです」とうなずく。

「そうなんですけど……」

「けど？　楽しくなかった？」

「いいえ、楽しかったです。でも、男の人って何を考えているか、よくわかりませんね」

　つい、本音が零れた。

　珠華は人付き合いにはとことん疎い。それが、色恋となればなおさらだ。幼い頃から、珠華の興味が向かう先はまじないばかり。身近にいた異性はほぼ子軌のみで、彼はあのとおりの、ちゃらんぽらんである。たいして参考にならない。

「まあ、ね。わかるよ、何をどこまで真剣に考えているのか、まるでわからないときがほとんどだ」

　梅花も、珠華の意見に同意する。

（……私）

　素直に認めたくはないけれど、たぶん、白焔に惹かれ始めていた。

　梅花と接してみたら、わかる。珠華が無意識に彼女へ向けている信頼感と、白焔に抱いている感情は形も大きさもまるきり違う。

　しかし、それはあってはならないことだったし、まだ打ち消せる範囲だと思ったので、物理的にも立場的にも距離をとった。

　ところが、どうも白焔に会うと彼の態度に翻弄されて、うやむやにされる。

「私、どうしたらいいんでしょうか」

悩みに悩んで、すでに珠華の頭の中はこんがらがってしまった。

宮廷巫女の仕事の件だけでも悩ましいのに、白焰のことを思い出すとそちらにも気をとられてしまい、どう転んでも落ち着かない。とんだ迷惑だ。

「難しいね」

梅花の呟きに呼応するように、弱い秋風が吹いて草木を揺らす。

辺りはひどく凪いだ空気に満ちている。春に滞在していたときだったら、こうして外に出れば、珠華を恨んでいた呂明薔に絡まれて手酷く虐められるところだ。

だが、今は静かだった。

梅花はこのとおり過度な派手さを嫌う性質であるし、陶瑛寿はそもそも引っ込み思案そうな雰囲気である。

残りの二人の妃たちも、それぞれ自分の好きなように過ごしているらしく、珠華は姿も見かけたことがなければ、人柄もよく知らない。

不思議なほど穏やかな気持ちで、春の後宮を思い出す。

呂明薔、何桃醂。

今や懐かしいあの二人は己の心をしかと知り、素直に従って行動していた。明薔は白焰を手に入れるため、桃醂は宋墨徳を皇帝にするために。

では珠華自身は、どうしたいのだろうか。

「ちなみに、陛下はなんて言っていたの？」

梅花に問われ、珠華は遠くへ行きかけていた意識を引き戻す。

「……俺だけのまじない師でいてほしかった、と」

「勝手だね」

「ですよね」

二人で揃ってため息を吐き、沈黙が落ちた。

文成が一人で料理に舌鼓を打ち、「美味しい～」と感激している声だけが聞こえている。

「陛下が勝手をなさるのは、今に始まったことではありませんよぅ」

と、食事に集中していたはずの文成が不満そうに頬を膨らませて、唐突にそう呟いた。しかし、次の瞬間には甘辛く煮つけた、熱々の肉料理に手が伸びている。

珠華と梅花はもう一つ、ため息を落とした。

「ままならないね」

梅花のぼやきに、珠華も大きく首肯する。

話しながら楽しく食事をとり、食後の甘味と茶まで堪能してから、昼餐会はお開きとなった。

美味しい料理ですっかり満腹になった珠華と文成は、梅花に礼を言って席を立つ。

「珠華さん」

別れ際、珠華は梅花に呼び止められた。

「はい、なんでしょう」

「考えたのだけれど。迷ったらやっぱり最後はよく自分の気持ちを顧みて、それに従うべきだと思うよ。どんなときもね」

言われてみると当たり前のことだが、はっとさせられる。

曇りに曇って、見えなくなってしまった自身の心をいま一度、見つめ直してみるべきかもしれない。

珠華が黙り込めば、梅花は苦笑気味に続けた。

「自分の心に従った行動をしたなら、たとえどんな結果に終わっても、ある程度は納得できるでしょう」

「……………」

「反対に自分の心以外に理由付けして行動すると、良くない結果になったとき、どうしても他の人や物のせいにしてしまいたくなる。それは見苦しいと思わない？」

「……そうですね、確かに」

梅花の言うとおりだ。彼女の言葉は、とてもわかりやすかった。

己の心に訊かず、判断材料のすべてを外的要因に委ねたら、きっと楽だろうけれど不満が残るだろう。そうして、これがいけなかった、あれのせいで、と責任転嫁したくなってしまう。

なるほど、それは甚だ醜い。そしてこの考え方はきっと、あらゆる事柄に当てはまる。

「ありがとうございます、梅花様」

神妙な気分で礼を述べた珠華に、梅花は軽く手を振った。

「いいよ。実は私も、いろいろと頑張らなければいけなくてね。珠華さんとの話はいい息抜きになったから」

そう笑った梅花のかんばせは、やはり自信に満ちて、大変麗しかった。

最後に梅花と別れの挨拶を交わし、珠華と文成は後宮をあとにした。

帰り道、来たときと同様に珠華は文成と再び馬車に乗り込む。

「うう……苦しい」

文成は梅花と別れて気が抜けたのか、食べすぎた腹を抱えて唸っていた。

それもそのはず、彼は一人で軽く四人前ほどは平らげている。次々と料理がなくなるので、侍女たちが忙しそうに給仕をしていたほどで、文成の小さな身体のどこにそれほどの食べ物が入るのかとさすがに不気味だった。

甘いものに目がないのだと思っていたけれど、並みはずれた健啖家でもあったらしい。

とはいえ、苦しくなるほど食べるとは。珠華は呆れまじりに、苦言を呈す。

「いくらなんでも、食べすぎですよ」

「ち、違うんです。……近頃、忙しくてずっと簡単な食事ばかりだったので、ついたくさん食べてしまっただけで、いつもはもっと小食なんですよぅ」

「もう、仕方ないですね」

放っておくわけにもいくまい。珠華は祠部の官衙へ戻る前に、先に文成を送り届けてもらうよう、御者に頼んだ。

馬車は進行方向を変え一転、金慶宮の中央に座す、政治の中心たる慈宸殿へ。

慈宸殿は、前後、大きく二棟の建物からなる。前の本殿は皇帝と貴族、官たちの集まる朝議の場であり、後ろの奥殿は皇帝の居室や執務室が並ぶ私的な場だ。

　風景は徐々に移り変わり、いかにも身分の高い貴族出身の官たちの行き来する姿が多くなる。

　建物の雰囲気も、役所らしさが目立つ祠部の官衙や、華やかさが強調された後宮ともまた違い、重厚かつ荘厳(そうごん)で上品。伝統的な龍の意匠が壁や柱、天井などいたるところにあしらわれ、此処が天子の住まいであると誇示しているようだ。

　文成は宦官であり、市井の出身だと言っていたので、本来の地位は高くないはず。ただ、彼は皇帝たる白焔からの信頼が厚い。

　ゆえに、こうして慈宸殿にも出入りし、日々仕事をこなしていた。

「文成様、もうすぐですよ」

　停まった馬車を降り、足取りこそしっかりしているものの、どこかぐったりした面持ちの文成をはらはらと見守りながら、珠華は慈宸殿の奥殿へと足を踏み入れた。

　警備の近衛には不審の目を向けられたが、文成がいるので特に引き留められることはない。

　廊下を少し進んだところで、文成が立ち止まる。

「すみません、珠華どの。こんなところまで付き合わせてしまい、お恥ずかしいかぎりですが……もう平気です」

「本当ですか？」

いつの間にか、文成は普段どおりの様子に戻っていた。今は羞恥ゆえか、ほんのりと頬を染めているだけである。

珠華はまだ若干の疑いを持ちつつも、うなずく。

「なら、いいですけど」

「──珠華？」

不意に背後から、声がかかった。

咄嗟に振り向けば、いつも会うときとは違う、煌々として絢爛な黄の龍袍（りゅうほう）を纏った白焔の立ち尽くす姿がある。

「あ、は、陛下……」

いつも珠華の前に現れる際は、上等ではあるが簡素な服装で、冠も略式のものであることが多い。よって、本当に皇帝なのかと思えるときもあるけれど、今は違う。一目見て、彼がこの国の頂点であり、最も貴き唯一の人物であるとわかる。

気軽に、白焔様、などと呼ぶことすら躊躇（ためら）うくらいに。

動揺し、息を呑んだ珠華のほうへ、白焔はいつものようにさっさと歩み寄る。

「そなたが此処へ来るとは。文成がつれてきたのか？」

問われて我に返ったときには、すでに眼前に白焰の晴々しい美貌が迫っていた。

「どうした？　あ、わかったぞ」

「絶対に違います」

手を打った白焰に先回りして、珠華はばっさりと否定する。白焰は面を食らって目を瞬かせた。

「まだ何も言っていないぞ。もしかして、俺に見惚れているのか？　と言おうと思ったのだが」

今回の場合、当たらずといえども遠からずなのが悔しい。けれども、その悔しさを出すのは余計に悔しいので、珠華は素知らぬふりで「だから、違います」と返した。

そこで、またもや珠華ははっと正気に戻る。

（って、こんなやりとりしていたら、前と変わらないじゃない！）

勢いあまって髪を掻きむしりたくなる衝動に駆られた。

白焰と会ってしまったのは不可抗力だが、つい前と同じように軽口を叩いたのは悪手だ。おかげで一昨日会ったときのあれこれは吹き飛んだものの、せっかくのけじめまで忘れては本末転倒。

珠華はす、と後退して、白焔と距離をとる。

「陛下、私は文成様を送り届けに参っただけにございます。ただちにお暇させていただきますので、お構いなく」

「……珠華どの、それは無理なんじゃ」

文成が聞こえないくらいの囁き声で何かを呟いた気がしたが、ひとまず無視する。

ところが、白焔がどのような反応を示すかだけに注意していた珠華は、彼の身体がわずかにふらついたように見えて、目を瞠った。

「白焔様？」

白焔の顔から、すっと血の気が引いたようだった。それを見て取った瞬間、とるものも取りあえず、珠華は慌てて彼に駆け寄っていた。

「悪いな」

体調が優れないのは明らかなのに笑う白焔は、痛々しい。

滑らかな龍袍を纏った身体を支えつつ、珠華は思い出す。

「白焔様、具合が悪いのですか!?」

白焔は夏にも疲れ切って顔色が悪かった。もしかして日程の詰め込みすぎによる過労ではなく、その時からずっとどこか悪かったのだろうか。

それどころか、一昨日の宴のときに様子がおかしかったのも、本当は体調のせいだとしたら。

「どうして言ってくださらなかったんですか」

喉奥から熱いものがこみ上げて、目元にも熱を感じる。けれど、珠華の問いに白焰は微笑んだまま、口を噤んだ。

「珠華どの、陛下をこちらへ！」

文成の指示で、珠華は皇帝のための居室の一つへ白焰を連れていく。もちろん、彼の身体を持ち上げて運ぶことはできないので、自身で歩いてもらい、珠華は横から支えるのみだ。

居室は非常に質素な印象だった。最低限の卓と長椅子はあるけれども、調度品が他に何もない。装飾もほぼなく、まるで飾り気がない部屋は殺風景にも思えるが、さすがに部屋の内装自体は高級感があり、品はいい。

てっきり、皇帝の居室なら陶家の屋敷のような派手な雰囲気だろうと考えていたので、意外だった。しかし実際に見てみると、派手な部屋よりは質素なほうが、どこか白焰らしいとも思う。

珠華は白焰を長椅子に横たわらせ、彼の頭にのった重たい冠を慎重に外し、文成に渡す。

（こんな重いものを被っていたら、誰でも首や肩にくるわよ……）

それだけではない。皇帝という地位に付随する重圧の大きさは、こんなものの比ではないはずだ。

いったい白焰がどれだけの無理を重ねてきたのか、想像するだけで怖ろしい。

長椅子に寝かされた白焰は、ほう、と深く息を吐く。

「文成様」

珠華はそばに控えた文成を呼んだ。

「白焰様はいつから、こうなのですか」

「その……夏くらいからでしょうか。墨徳様も手伝ってはおられるのですが、陛下自らしばらく武陽を離れていらっしゃったことや、後宮制度の撤廃に関する政務などもあり、とにかくご多忙で……お疲れのご様子ではありました。ですが、これほどとは」

おずおずと気まずそうに説明する文成の口ぶりからして、きっと白焰は体調の悪さを周囲にも隠していたのだろう。

昔からずっと、女性に触れられない呪いや孤独にも密かに耐えてきた彼だから、己のつらさや苦しさを誤魔化すのに慣れていても不思議ではない。

「仕方のない人ですね」

珠華は、瞼を閉じて長椅子に寝たままの白焔の近くに膝立ちになり、その顔をのぞき込む。やはり疲労が色濃い。

ちゃんと休めと、前にも言ったのだが。

「文成様、茶器はありますか？」

訊ねると、文成は「ただいま！」と部屋を飛び出し、あっという間に茶器と茶葉と湯を用意して帰ってきた。

珠華は茶器としか言っていないのに、気が利く男である。

「ご用意しました！」

「ありがとうございます。使わせていただきますね」

本当なら、疲労に効いたり、心を落ち着かせたりする薬草茶がよかったが、持ち合わせていないのでやむを得ない。

珠華は素早く熱湯を注ぎ、茶を淹れる。

ふわ、と爽やかな香ばしさを含んだ湯気が立つと、前触れなく瞼をかっと開き、白焔が身を起こした。

「あ、具合はどうですか、白焔様」

ちょうどよかった、と珠華は淹れたばかりの茶を、長椅子に座り直した白焔の前へ出す。

白焔はしばし夢と現の区別をつけるように瞬きを繰り返してから、大きく伸びをする。その顔は先ほどより幾分、血色がよくなっているようだ。

(ほんの少し目を閉じていただけだと思うのだけど……)

身体が丈夫といえばいいのか、何なのか。

ただ、わずかな休憩だけでたくさん働けてしまう人は、自分でも知らないうちにある日突然、無理が祟って命を落としてしまう場合があるので、やはり身体にはよくない。

「うむ。だいぶよくなった。たぶん、少し眠れたからだろう」

「え、あれでですか?」

珠華は啞然とした。

白焔が長椅子に横たわって目を閉じていた時間など、茶を用意していた間だけだ。普通なら、寝入ることすら難しい短時間である。

それが寝たことになってしまうとは、いよいよ危ない。

「まあな。……すまぬ、手間をかけさせた。だが、珠華が淹れた茶を久しぶりに飲めるなら、悪くないかもな」

白焔は茶器を傾げ、にこやかに茶を飲み干した。

その手つきは特に覚束ないわけでもなく、表面上はどこにも異常は見当たらない。

だが、また疲労が溜まれば倒れてしまう。

「白焔様、身体がどこか悪いのならちゃんと侍医に診てもらってくださいね。あと、夜はしっかり寝て、ご飯も食べてください。ただでさえ天淵さんが憑いていることで〝気〟は目減りするんですから」

いちいち珠華が世話を焼くことではないと思うけれど、そばで文成もこくこくと何度もうなずいている。

が、肝心の本人にはちっとも響いていないらしい。

白焔はにわかに立ち上がり、立ったままだった珠華の手をとって、ぐっと自分のほうへ引き寄せた。珠華の巫女服と、白焔の龍袍が擦れて微かな音を奏でる。

「珠華。先刻の『陛下』呼びは、どこへ行ったんだ?」

いたずらっぽく口許を吊り上げて不意打ちをしてくる白焔が憎たらしく、珠華はそっぽを向いた。

あまりの変わり身の早さに、もしや先ほどのは仮病だったのでは、と疑いたくなる。

「それは……いったい誰のせいだと」

「ああ、俺のせいだな。だから、ほら」

白焔は言葉を切って、珠華の腰に手を回すと、そのまま己が座っていた長椅子に珠華を座らせ、白焔自身も隣に腰を下ろす。

「もっと叱ってくれてよいのだぞ」

「はあ!? へ、変態ですかっ」

つい、珠華は本気で眉を顰めた。嬉々として叱られたがる皇帝――これほど不気味なものもない。

「あまりにも叱ってくるそなたが愛らしいのでな」

ますますとんでもない。

愛らしいとか、恋人でも妻でもなんでもない女に言うか、普通。珠華はじわり、と熱を帯びた頬を意識しないようにして、目を逸らした。

その様子を見た白焔は一際、大きく笑って、密着しかけていた身体を離す。

どうやら、珠華はまんまとからかわれたようだ。いつの間にやら、文成も姿を消している。

「それより珠華、仕事の時間は大丈夫か？」

「問題ありません。……はあ。私も昨日は徹夜だったんですよ、これでも」

人をいいように弄んでおいて、平然と真面目な問いを投げかけてくる白焔には呆れるが、珠華も元の調子を取り戻した。

（ああ、疲れた）

思い出したら、満腹と相まって今にも眠気が襲ってきそうだ。

「大変そうだな。宮廷巫女の仕事はやっていけそうか？　羽宝和とのことは、どうなった？」

「そうですね……」

白焔に誘導されるようにして、珠華は初めての任務での出来事をいろいろと話して聞かせた。

宝和にはどうやら、珠華を咎める気はないようであること。陶家へと赴いたこと、猩猩たちと対峙したこと。そこへ、逸石という、人と妖怪との橋渡し役を名乗る人物が乱入してきたこと。彼の願いと宝和の方針との間で迷っていること。

ところどころかいつまんで、ではあるけれど、話すとこんがらがっていたものが多少は解けた気がする。

「宝和とのことはひとまず大丈夫そうか。よかったな」

安堵と寂寥（せきりょう）。横から盗み見た白焔の表情からは、そんな彼の心情が読み取れた。なんとなく居たたまれなくなり、珠華は話題を変える。

「そういえば、天淵さんはどうですか？　私も今すぐには記憶を探すのを手伝えなそうで」

天淵から生前の記憶を取り戻す手伝いをしてほしいと頼まれているが、珠華にはその余裕がない。

天淵が初代皇帝であるというのなら、手がかりはこの金慶宮にありそうであるものの、はっきり言って、どこからどう手をつけてよいのかもわからないのだ。

（まあ、難しいわよね）

何せ、千年も前の話。ゆかりの物を探すだけでも一苦労である。

さらに七宝将の指環を見ても、七宝将そのものを見ても、金慶宮に来ても何も思い出さないのでは、望みは薄い。

「そのことでな」

白焔は何かを言いかけて、押し黙る。

「なんですか？」

「いや、天淵なら毎日そのあたりを徘徊している。収穫はないようだが。それよりも、羽法順に不審な幽鬼を見かけると言われてな」

「え」

珠華は息を呑んだ。それは、想定外だった。

白焔の言いかけたことが何だったのかも気になるが、法順に目をつけられたのはまずくないだろうか。

相手は仙師。ともすれば、一瞬で天淵は消されてしまう。

「ただ、天淵本人は、十分気をつけているから問題ないと豪語している」

「問題大ありですけどね……」

天淵に害意はないので大丈夫だと思いたい。ただ、もし法順がその気になったらどうするつもりなのだろう。

上司にあたるあの美丈夫（びじょうふ）の思想は珠華にはとんと知りようがないけれど、わざわざ白焔に進言している以上、黙って見逃してくれるとも思えない。

そして、下っ端の珠華に、上役である仙師を止めるすべはなかった。

「どうします？　天淵さんの〝気〟の流れを少し操作して、気配を薄くすることはできますけど、たぶん長官にはすぐ見破られるでしょうし」

珠華は提案してみたものの、苦い気分になる。

できれば、それはしたくない。いくら白焔のためとはいえ、当の法順から立場をよく弁(わきま)えろと釘を刺されているからだ。

すると、白焔が思い悩む珠華の白い髪を軽く撫でた。

「何するんですか」

「ははは。そなたはしばし、宮廷巫女の仕事に集中するとよい。俺も自分でちゃんと休むし、天淵のことも気をつけておく」

憤慨する珠華をよそに、白焔は余裕たっぷりに笑う。

まるで、子ども扱いされ、あやされているみたいだった。けれど一方で、宮廷で働く対等な人として励まし、後押しされているようでもある。

「白焔様こそ、気をつけてくださいね。自信満々はいいですけど、意外に真面目なんですから」

「な、なん、だと」

つん、として言い放った珠華の言葉に、ひどく衝撃を受けた反応をする白焔。

自覚がなかったのだろうか。白焔は傍若無人に見えて、その実、大変生真面目な性格であると珠華には感じられるのだけれども。

そもそも真面目でなければ、あんなふうに疲れて倒れたりはしない。

「俺は、そんな……堅実で、誠実で、律義で、勤勉な男だったのか……」

「ハイ、ソウデスネ」

珠華は適当に返事をし、立ち上がった。

すっかりいつもどおりの、幻聴のひどい皇帝陛下である。誰もそんなことは言っていない。

（そろそろ仕事に戻らないと）

梅花の昼餐に参加し、白焰とお茶までしてしまい、ややゆっくりしすぎたかもしれない。子軌や逸石はともかく、宝和を待たせていたら大変だ。

そう思い、珠華が暇乞いしようとした矢先、居室の扉が開いた。

「白焰、そろそろ仕事の続きをしてもらうよ」

言いながら堂々と部屋に入ってきたのは、理知的で端整な顔立ちをした青年だった。

その腕にはたっぷりの書簡が抱えられている。

彼は元皇子であり、現在は臣籍に下って白焰に仕える、宋墨徳である。

白焰の兄貴分で、補佐役としても頼りにされている墨徳の目元には、くっきりと隈があった。白焰が多忙なように、彼もまた苦労しているのだろう。

「墨徳様、ご無沙汰しております」

「ああ、これは珠華さん。久しぶりだね。宮廷巫女になったと聞いたけど」

墨徳とは、春に会って以来だ。さして濃い縁ではなかったけれど、それでも、珠華の噂は漏れ聞こえていたらしい。あるいは、白焔が話したのかもしれなかった。

珠華は恭しく礼をする。

「はい。私も、陛下に十分お仕えできるように、宮廷巫女になりました」

珠華は白焔の唯一の后になれる身分でもなく、まじないの腕しか持たぬ身の上。立場は弁えているという意味も込めてそう言えば、墨徳は苦笑した。

「立派だよ。ぜひ宮廷巫女として大成して……できるだけ早く、仕事を手伝ってくれたらうれしいな……。君なら上手く白焔を御せそうだし」

墨徳は、途中からいきなり十歳は老け込んだように、げっそりとしてため息を吐く。非常に切実な願いだというのが、よく伝わった。

「自分からもぜひお願いします、珠華どのぉ」

墨徳の後ろについて戻ってきていた文成も、同じようなげっそり顔で言う。

「うむ、珠華に御されるならば、俺も喜んで馬車馬のごとく働こう」

「白焔様は休んでください。くれぐれも墨徳様や文成様に、迷惑はかけないように！」

一人で莫迦げたことをのたまう白焔に冷静につっこんで、珠華は姿勢を正し、会釈する。

「では、私はこれで。下がらせていただきますね」

居室を出ると、午後の生温い風がどこからか流れてきて、珠華の長い髪を靡かせる。

怒濤の展開から一気に静かな空間に放り出されたようで、一抹の寂しさを感じつつ、珠華は祠部の官衙へ帰るため、歩きだした。

＊　＊　＊

羽宝和。

彼は俗に『北領』と呼ばれる、山岳の多い広大な寒冷の大地を有する『朔領』に、王子として生を受けた。

四王の一人たる、羽王の称号を冠する父はあまり身体が強くなく、母は領内の中級貴族出身の物静かな女で、決して婚家には逆らわない。一年のうちの多くの期間を氷に閉ざされた宝和の生家は、常にしんしんと雪の降る夜のごとく、深い静寂に満ちていた。

けれども、たった一人。

一族のうちで、燦然と異彩を放っている者がいた。それが——羽法順だ。

幼き頃から目覚ましい功績の数々を上げ続ける叔父は、宝和の憧れであった。

ああなりたい、同じ場所へ行きたいと切望し、まじないの技を磨き、たゆまぬ努力の末に術師として祠部に入るまでに成長した。

そうして現在、宝和は法順の部下となり、祠部の宮廷神官として任に当たっている。

「それで、宝和。その後はどうでしょうか。諸々の様子は」

祠部長官の執務室に入り、叔父兼上司の前に立った宝和は、その漠然とした問いに迷うことなく淡々と応じる。

「陶家の件は、いったん保留にしております。逸石と名乗る不審な大男が乱入したことにより、このまま強行するのは不可能と判断しましたので」

法順は穏やかに薄らと儚く微笑み、されども何の感情も悟らせずに宝和の報告を聞いていた。そして、呟く。

「逸石、逸石ですか」

なるほど、なるほど、と愉快そうにうなずく法順を、宝和は訝しく思って眺めた。

よもや、知り合いではあるまい。あの逸石という男、外見は二十代半ばかそこらだった。見た目の年齢は法順もたいして変わらないけれども、実年齢は大きく異なることだろう。

十代ですでに祠部の最有力神官として都で働いていた法順と、あのような薄汚れた庶民とが、知り合う場面があったとは思えない。

ただ、逸石は人と妖怪との橋渡しをしているというから、あるいはその因縁はありうるか。

いずれにしろ、そんな裏事情は宝和には関係がない。

「どうします？　逸石という男、殺すにも駆逐するにも、たいそう骨が折れそうですが」

「ええ、無理でしょうね。あれは天災と同類のものです」

「では、あの男の要求を呑むのですか。——陶家を襲う猩猩どもに好きにさせよと？」

「君の判断で構いませんよ。陶家当主を見殺しにすれば問題にはなるでしょうが……大局にはかかわりありませんし。逆に、怪異を討っても良いでしょう。この場合は、その逸石とやらも敵に回るかもしれませんけれど」

どうします？　とにこやかに訊ねてくる叔父に、宝和は口を噤む。

常に温和な空気を醸している法順は自身の腹の底を決して見せない。彼にとっては祠部の長官という役職や権力はどうでもよく、興味がなさそうなのに、ずっと祠部に籍を置いている。

そのことについて、何か考えがありそうでもあるし、それさえ無関心なようにも思えた。

何気なく動かした目線の先の壁に、美しく磨かれ、手入れされた叔父の鍛が立てかけられている。あれは羽家に伝わる特別な宝具であり、使い手を選ぶ。

現在の使い手は法順だが、いずれは必ず追いつくのだと……そんな気持ちから、宝和も自身の武具として鍛を選んだ。

法順についていきたい。これだけはどれだけ時が経とうと、幼い頃のまま。

「ならば、勝手にさせていただきます。あと、叔父上が気にしている李珠華についてですが」

宝和がそう口にした途端、法順はゆっくりと目を細めた。これは、彼が興味のある話を聞くときの癖だと、宝和は父から聞いて知っている。

「どうです、彼女は」

「世間知らずで、甘い。確固たる信念もない。すぐに自分を卑下して、一歩引く。元仙師の指導はどうなっているんでしょうか。あれでは到底、使える駒にはなりえません。というか、なまじ術師として腕があるのでむしろ厄介でしかない」

多少の私情を挟んでいるのは承知の上で、宝和は切り捨てた。

仙師であった燕雲の背を追いかけてきた珠華と、現役の仙師である法順を目標としてきた宝和。立場は似ているのに、どうして珠華はあのようなふわふわとした態度で任務に臨んでいるのか、理解できない。

特に自らに蓋をするような、困難にぶつかった際に、必ずまず引こうとする癖は見ていて焦れる一方だ。せっかくのまじないの技術が泣いている。

だから、苛つく。

ついでに、法順に興味を持たれているのも気に入らないし、優れた術師であるのも面白くない。

そういう私情にまみれた報告だったが、さほど現実とずれてもいないはずだ。

宝和の言い様が何やらツボだったらしく、法順は珍しく小さく声を上げて笑う。

「ふふふ。そうですか、それは困りましたね。彼女には君と一緒に、これからの祠部をぜひ盛り立てていってほしいのに」

「いくら叔父上の頼みでも、あの女のお守りはもう御免です」

これぱかりは彼女のせいではないが、貴族と関係する案件に携わるたびにきっと珠華は苦労する。陶家でそうだったように。

生まれが庶民なだけならまだいい。彼女の場合、さらにあの容姿だから余計にだ。いちいち宝和や他の貴族出身の者が庇ってやらないと仕事ができないのでは、宮廷巫女としてやっていくのは厳しかろう。

少なくとも宝和はそこまで面倒をみてやるのはまっぴらだった。

性格といい、境遇といい、彼女には在野のまじない師がお似合いだ。

「宝和。そう言わず、なんとか彼女を使えるようにしてくれませんか。李珠華という人材を、余所にはやりたくないんです。ぜひ、祠部に骨を埋めてほしい」

「……努力はしますが」

やはり、宝和は法順に弱い。憧れの人物からどうしても、と乞われれば、最後には否とは言えなくなってしまうのだ。

（仕方ない）

面倒だが、ひとまず猩猩たちの件はいい機会である。彼女がどういった答えを出すのか、見守ろうではないか。

まさか、南領で会った不審な少女とこんなことになるとは、予想していなかった。

宝和は気を抜くとすぐに湧いてくる苛つきを抑えて、嘆息した。

＊　＊　＊

珠華が官衙に戻ると、門の前で子軌とばったり鉢合わせて合流することになった。

鼻歌を歌い、ぶらぶらと歩く姿は出仕する前とまるきり変わっておらず、仮にも宮廷占師見習いになったのだからきちんと振る舞おう、といった殊勝な心がけなど微塵もないのは明白である。

（でも、あのときは、ちょっと格好よかったわよね）

逸石がどこかから降ってきて着地した衝撃から、珠華を守ってくれたとき。

あのときばかりはなよなよした普段の雰囲気から一転、緊迫感を滲ませた、必死な男の顔をしていた。

不覚にもほんの少し、どきりとしてしまったのは、絶対にばれてはならない。

「ん？　珠華、どうかした？」

黙ってまじまじと観察してしまったのに気づかれて、珠華は軽く咳払いをする。

「なんでもないわ。それよりあなた、どこへ行っていたの？」

珠華が官衙を離れていたのは、一刻ほど。同じだけ休憩していたとすると、子軌はどこで時間を潰していたのか気になる。

具体的に言えば、宮中のいずれかの場所に迷惑をかけていないか、とか。

「ああ、うん。金慶宮の外に飯食いに行ってた。金慶宮の周りって値段は高いけど、さすがに美味い店が多くてさー」

子軌のあっさりとした返答に、珠華はほっと胸を撫で下ろす。どうやらいたって平凡な時間の潰し方をしていたようだ。

二人で門をくぐり、官衙内に入ると、最後に逸石と別れた部屋に戻る前に宝和とも合流することになった。

「ずいぶんゆっくりしていたな」

宝和からかけられた言葉はただの感想なのか、皮肉なのか今一つ、判別できない。

そんなやりとりはさておき、そのまま三人で元の部屋に戻る。

——ところが。

扉を開けた拍子に聞こえてきたのは、獣の唸り声に似た大鼾。皆で顔を見合わせ、何事かとそろそろとのぞいてみれば、床に転がって逸石が大の字で寝ていた。

（こんなところで普通、寝るかしら）

よく知らぬ場所、しかも寝台でも長椅子でもなく床である。なんという緊張感のなさか。珠華は思わず脱力する。

「起きろ」

宝和が寝ている逸石に向かって言うが、まったく目覚める気配がない。

「ほっとけばいいいんじゃない？」

あっけらかんと無責任な言葉を吐く子軌に、宝和も今回ばかりは同意したようだ。王子にあるまじき苦々しい形相になり、歯噛みして勢いよく椅子に座る。

（うわぁ、怒ってるわ）

思っても、わざわざ口に出すほど珠華も子軌も浅はかではない。珠華たちは逸石に構わず、鼾が響く室内で打ち合わせを始めた。

「……逸石と猩猩どもに関して長官に報告し、判断を仰いできた。我々は当初の予定に沿って猩猩どもを一掃する」

単刀直入に告げられた内容に、珠華は目を丸くする。次いで、床に寝ている大男を見遣った。

（まさか――）

本気だろうか。猩猩たちを退治するということは、つまり逸石と対立することになる。逸石を打倒する必要はないにしても、どうにかして彼の動きを止め、その間に猩猩を滅さなければならない。

まったく現実味のない話だ。誰がこの巨岩のごとき男を止められるのだろう。

「方法を聞いてもいいでしょうか」

珠華は小さく挙手をして、問う。隣に座る子軌は我関せず、といったふうに、目線が完全に明後日の方角を向いていた。

「具体的な策はこれから考える。本人がいる前で話すわけにもいかない。君も何か案を考えておけ」

「案って……」

承服しかねる。結局、出た結論がそれだなんて。

無論、陶説が報いを受けるのを珠華とて黙って見ていたいわけではない。だが、このまま猩猩をただ殺戮するのも違うと感じる。

（心のどこかで、期待していたのね、私は）

宝和が法順に相談したら、きっと仙師である法順が報告を受けていい落としどころを提示してくれるのではないか、上手い解決法を提案してもらえるのでは、と。

そうしたら、珠華は憂いなく粛々と従って任務をこなせばいい。

しかし、現実はそうではなかった。

「納得できません」

気づけば、珠華はきっぱりと己の意思を口にしていた。

梅花と話したときから、自分でも知らぬうちに胸の奥底ではもう決めていたのかもしれない。

いいや、もっと前。昨晩、猩猩たちと対峙したときから、これが真に正しい行いなのかと疑問を抱きかけていた。

密かに積もって大きくなった思いが溢れ出し、露わになったのだ。

「もっと穏便に解決すべきではありませんか。猩猩たちはまだ何もしていない。無差別に誰かを襲っているわけでもありません。なのに、一方的に命を奪うのは」

「君が納得できるかできないかが、そんなに重要か？」

静かに問われて、珠華はたじろぐ。

「素直に指示に従えない者は組織に必要ない。君も祠部に所属する巫女になったのなら、ただ『はい』とうなずくだけでいいんだ。違うか？」

反論したい気持ちはやまやまだった。しかし、珠華には何と言ったらいいのかわからない。

珠華はずっと燕雲個人のまじない屋でまじない師見習いをしてきた。

組織に籍を置くことがどういうことか、経験がないのでもっともらしく語れもしないし、そういうものなのだと説かれれば、そうなのだと受け入れるしかない。

それでも、今のこの状況は受け入れがたい。

宝和は淡々と言葉を続けた。

「そもそも君だって、何度も妖怪討伐を請け負ってきただろう。なぜ今回にかぎって奴らの肩を持ちたがる？」

「それは……今までは甚大な被害が出かねませんでしたし、話の通じる相手ではなかったので」

目を伏せて、珠華は両手の指を軽く組む。

説得してなんとかなるのなら、そうしたほうがいい。現に、会話のできる幽鬼などが相手の場合は、なるべく彼らを滅するのではなく〝気〟の流れに還すようにしてきた。

「妖怪を滅さない、その前例を作るのがまず問題だろう。のちに此度と同じような状況になったとして、相手が老獪（ろうかい）な妖怪だったらどうする。欺かれ、一瞬でも助けられるかもしれないと迷い、隙になり、大きな被害に繋がったら？」

「でも、今回はあまりにも現実的ではありません。逸石さんを敵に回すのですか？　誰が彼を止めるんです？　彼になんとか猩猩たちを宥めてもらい、帰ってもらうほうがまだ現実味があると思います」

怯みそうになっても、珠華は一歩も引かない。

宝和の主張は確かに正論だ。人の中に善人も悪人もいるように、妖怪も人に悪意を持つものが当然いる。けれど、何も考えず、相手にも寄り添わず、命を奪う選択をし続けるのが正しいとはどうしても思えない。

逸石の話を聞いていたら、その考えが確固とした輪郭を持って珠華の中にはっきり生じていた。

『迷ったらやっぱり最後はよく自分の気持ちを顧みて、それに従うべきだと思うよ。どんなときもね』

凜とした梅花の言が脳裏に浮かぶ。

本当にそのとおりだ。このまま指示に従ったら絶対に後悔する。今後、祠部にわだかまりを持ってしまうだろう。

「俺も、どっちかというと珠華に賛成かなー」

ずっと黙っていた子軌がふいに口を挟んだ。椅子に座り直し、やけに真剣な面持ちで子軌は宝和と、いつしか鼾をかくのをやめている逸石を見ていた。

「危ないのは困るんだよね。怪我とかしたくないし。そこに寝てる奴を相手どったら、こっちは確実に無事じゃすまないよ。……ねえ、どう思う?」

子軌の問いかけと同時に、むくりと逸石が上体を起こす。寝ぼけ眼で後ろ頭を掻き、「うーん」と唸った。

「俺はできれば猩猩たちの思うとおりにやらせてやりてぇけど、一番はあいつらを無事に山に帰してやることかもな。あいつらにも山に残してきた仲間がいるんでなぁ」

俺だって、あんたらとやり合ったら泥沼になりそうでやだよ、と逸石はぼやく。

おそらく本気で逸石と珠華たちがぶつかっても、実際には泥沼にはならない。何しろ、逸石はただの大剣の一振りで、術を叩き壊してしまうのだから。

珠華たちのほうが一方的に潰されて、終わりだ。

ゆえに、逸石が「泥沼になりそうで嫌だ」と言ったのは、暗に珠華の意見に賛同するという意味ではなかろうか。

「つまり、お前たち全員、指示には従わないということでいいのか?」

苛つきを鋭い面に滲ませ、宝和が硬い口調で言う。

「お前たちがしたいようにするのは、なるほど、勝手だろう。だが、責任をとるのは誰だ？　お前たちが化け物どもを見逃して、そして何かあったらその咎を受けるのは誰だと思っている。李珠華、君は最初に長官に言われたことを忘れたのか」

宮廷巫女が、祠部という組織に所属する者が、背負っているもの。それを出されてしまうと、珠華は何も言い返せない。

「浅慮も甚だしい。私たちの役目は妖怪と和解することではない。責任も負えない者が勝手な思想を振りかざすな」

吐き捨てた宝和に、もう誰も何も言わなかった。重苦しい静けさのみが各人にのしかかって、ひどく居たたまれない。

こんなとき、珠華はどうしたらいいのかさっぱり思いつかなかった。

他人と、しかも、敵対しているわけでもなく、方針の違いでこんなにも意見をぶつけ合ったことがない。珠華が譲歩すればいいのか、それともこのまま自分の意見を押し通すのか。

どちらにしろ、もやもやとしたものが胸に澱んで気持ちが悪くなりそうだ。

誰かのため息が、やけに大きく響いた。

四　まじない師の敬慕

翌日、帰宅してしっかり身体を休めた珠華だったが、心は重たいままで官衙へ向かった。

昨日はあのあと、まったく話がまとまらずに解散。

しかし、珠華たちの話がまとまらなくても猩猩たちはお構いなしである。昨夜は逸石と、彼の身柄を引き取った宝和が、いったん猩猩たちの動きを抑えるために陶家に詰めたらしい。

珠華と子軌は家に帰されてしまったので蚊帳の外で、詳細はわからない。

遠回しに、戦力外を突きつけられた気持ちだった。

組織の輪を乱す人間はいらない。――そう宣告されたようで、言ってみれば当たり前ではあるけれど、宮廷巫女として出世し、白焰を支えるという志を持っている珠華にはひどく堪えた。

「はあ……」

「まあ、そんなに落ち込むなよ」

ため息を吐くと、家を出るときに一緒になった子軌が能天気に励ましてくる。

その能天気さにいつもなら腹を立てるところだが、今は一人でも事情を理解してくれる人間がそばにいるのがありがたかった。

「私が、受け入れるべきなのかな」

たった数日前に職場になったばかりの、祠部の官衙の門を見上げる。

宮廷巫女になると決めたときはとても前向きな心持ちでいた。此処から己の道が拓けていくのだと。

けれども、実際に出仕してみれば、不自由なことばかりに目がいく。

子軌が珠華の隣に立ち、珠華に倣って門を見上げた。

「別に珠華が折れることないと思うけどなー。だって、どう考えたって逸石や猩猩たちと全面戦争なんていい結果にはならないし。下手したら死人が出るよ」

「うん。そう、思うんだけど」

「宝和様も、それはわかってるだろうにさー」

なんでだろ、と子軌は首を捻る。

珠華だって知りたい。危険を冒しても、宝和が上の指示に従おうとするわけを。

そうして、朝っぱらから門の前で立ち尽くす二人に、ふと、声をかける者があった。

「おーい」

振り返ると、圧倒的な質量を持った男が少し離れたところから手を振っている。

「逸石さん」

「よぉ。二人とも、早いな」

近づいてきた逸石は少なくとも二晩は連続で徹夜だったにもかかわらず、まったく疲れが見て取れない。

珠華は初めて祠部に来たときよりも、さらに視線が突き刺さっているのを感じた。

今さらだが、背には大剣を背負い、筋骨隆々とした大柄な逸石の姿は、金慶宮では凄まじく人目を引く。

「ったく。あいつ……宝和の邸宅ってのは狭苦しいわ、堅苦しいわで、まったく居心地がよくなかったぞ」

唇を尖らせて不平を鳴らす逸石。この男ほどの巨軀で、狭苦しくない家を探すほうが難しいに違いない。

珠華は苦笑いしつつ、逸石に問う。

「逸石さん。それで、宝和様は今日どうすると？」

「ん？　ああ、なんか手配するもんがあるから好きにしろって言ってたな。何のことだかは知らん」

「手配するもの……」

顎に手を遣り、珠華はふむ、と逡巡した。

また意見をぶつけ合い、水掛け論的な言い合いを続けることになるのかと気が重かったのに、肩透かしを食らう格好になった。

（手配って、秘密兵器でもあるのかしら？）

おそらく依頼にかかわることだろうが、珠華には皆目見当もつかない。

「じゃあ、珠華。俺たちはどうする？」

子軌に話を振られ、珠華は腹を決めた。

「そうね。じゃあ、逸石さん」

「なんだ？」

「具体的にこれからどうするか、考えてみませんか」

珠華には畢竟、これしかない。単純に、目の前の出来事をどうすれば解決できるか考えることだ。今ならば、猩猩たちを説得する場合どうするか、である。

（詳細な案があれば、宝和様を納得させられるかもしれないし）

子軌と逸石を伴い、珠華はあまり人通りのない場所を探す。二日も同じ部屋で膝を突き合わせていても、息が詰まるだけだ。気分を変えたい。

少しばかり周辺を歩き回り、見つけたのは祠部の官衙からほど近い、建物の陰で周囲から見えにくいものの、それなりの広さのある四阿だった。

人気はなく、近くには睡蓮の浮かぶ池があり、低木を中心とした植木が茂っている。

三人は各々、四阿の中の石造りの腰かけに座る。

「まず、子軌。はい、どうぞ」

珠華は持っていた包みを子軌の前に差し出した。面倒くさいので、今のうちに渡してしまいたかった——昨日頼まれたものである。

「あ、もしかして、俺の昼飯！」

目を輝かせた子軌は、手を打って包みを受けとった。

簡単に布で包んだだけの包みは一抱えほどもあり、中身は蒸籠に詰めた包子や箱いっぱいの炒飯、野菜もたっぷり入れた肉団子など。どれも食べ応えは十分だ。

ちなみにすべて、疲れがとれ、健康によい香草や薬草をふんだんに用いている。

「盛りだくさんだ！　やった」

「悶々としながら無心で作ってたら、作りすぎちゃったのよ。……って」

そそくさと受けとった包みを開き始める子軌を、珠華は慌てて止めた。昼食にはまだ早いどころか、まだ遅い朝である。

「ちょっと！　開けるのが早いわよ」

止められた子軌は、さっそく料理を摘まもうとしている指をそのままに、目をぱちくりと瞬かせる。

「え、今すぐ食べたいんだけど」

「……朝ごはんはちゃんと家でとってきたのよね？」

「おお！　すげー美味そうな匂いだな！」

逸石までそんなことを言い出して、珠華は頭を抱えた。これでは話が進まない。

「もう、いいからしまって！　相談ができないでしょ」

一喝すれば、子軌は「はーい」と心なしかしょんぼりと包みを元に戻し、逸石もわざとらしい咳払いとともに座り直した。

微かな料理の残り香が漂う中、珠華は単刀直入に切り出す。

「逸石さん。正直なところ、陶家当主を襲わないよう猩猩たちを説得することは可能なんですか？」

珠華が最も訊きたかったのは、それだった。

たとえ逸石が珠華の意見に賛意を示しても、肝心の猩猩たちが納得して引き返してくれなければ解決しない。

逸石はやや思案する素振りを見せる。

「まあ、可能だな。うん」

何やら含みのある答えだ。子軌の眼差しがす、と鋭くなった。

「だとすると、現実にその方法を選んでもらうことはできますか」

珠華は続けて問う。

猩猩たちが陶説に報いを受けさせるのをあきらめさせる、その選択肢を逸石が本当に選ぶつもりがあるのか。

珠華の意図は正しく伝わったようだった。逸石は、にっと笑み、首肯する。

「そりゃあな。流れる血は少ねぇほうがいい」

彼の様子を注視していると、どうにも彼にははかりしれない何かがある。

逸石は自分を莫迦だと言って、真実、さして頭を使った言動をしているようではない。だというのに、端々に底の知れなさが交じる。

単純な回答をしているようで、そのすべてに裏の意図があるのではないかと思わせる得体の知れなさ、それが逸石にはあった。

（……〝気〟もあまり人間っぽくないのよね）

彼の纏う〝気〟は、あまりに澄んでいる。そう、今まで見た中で最も似ているのは夏に会った七宝将、銀玉なのだ。

けれど、銀玉は人ではなかったし、一方の逸石は人である。

もしかしたら、燕雲や法順といった仙師と同じく、人でありながら神仙に近づいた者かとも考えたが、それともまた雰囲気が違う気がした。

仙師が纏うような洗練された〝気〟ではなく、もっと逸石自身の容姿のように野性味のある、粗削りな〝気〟。天然もの、とでも言おうか。

透明度に個人差はあれど、燕雲や法順、多くの術師が纏う〝気〟が大地を流れる川の水だとすれば、逸石のものは滾々と湧き出で、山肌を削りながら進む清流だ。

急に口を噤んだ珠華に、逸石が首を傾げる。

「なんだ？　信じられないか？」

「いいえ。でも、あなたは、本当は何者なんですか？」

気になって気になって仕方がなく、珠華はついに直球な質問をぶつけた。

もちろん、すんなり真実を答えてもらえるとは思っていない。己の正体が何か、なんて、実際に答えるのはとても難しい。

珠華が真っ直ぐに逸石の琥珀色の瞳を見つめれば、彼もまた、珠華の深紅の瞳を見つめ返す。

「俺はただの流浪の旅人だよ。んで、たまに妖怪の話聞いたり、困ってる人を助けたりな。それ以上でもそれ以下でもないぞ」

「……ですよね」

期待はしていなかったけれど、そう普通の反応をされると一気に脱力してしまう。

肩を落とす珠華の様子に、逸石は、はっはっはと大きく笑った。

「ま、旅をしている時間はたぶん誰より長いけどな！」

「はあ、そんなに長く？」

「おう。っと、これ以上は言わねぇ約束か」

いけね、と舌を出してみせた逸石は、次いで勢いよく挙手をする。

「今度は俺から質問いいか！　あんたのことはなんて呼べばいい？」

訊かれてから、珠華ははたと思い至った。そういえば、逸石が祠部に来てから名乗りはした気がするが、彼に名を呼ばれたことはまだなかった。

呼び方で困っていたからだったのか。

「なんでもいいですよ。珠華でも、何か他のでも」

「じゃ、姫な」

「なんでよ」

反射的につっこんだ。

何がどうして、どういう思考を辿って珠華を『姫』と呼ぶことになったのか、真剣に問い質したい。

「私、貴族のお姫様でもなんでもないですけど」

「いいじゃねぇか。俺が姫って呼びたいんだよ。あだ名だ、あだ名。あんた、昔、俺がそう呼んでた人とちょっと似ててさ」

どうやら、珠華の前にも適当な名づけの犠牲になった女性がいたようだ。いや、その女性は正しくどこぞの姫君だったのかもしれないけれど。

その名について語るときの逸石の双眸はとても穏やかで、大切な思い出を振り返るように温かかったので、珠華は追及するのをやめた。

「なら、それでいいです」

「あ、俺のことは子軌ね。これ以外は受け付けないから―」

なぜか当たり強めな子軌に、逸石は鷹揚に「お、いいぞ」と承諾する。

そんなふうに談笑を交えつつ、作戦会議をしていると、やがて太陽は中天にさしかかり昼も近くなってきた。

三人がさすがに官衙へ戻ろうかとちょうど話し始めた頃、四阿に宝和が姿を現す。

「こんなところにいたのか。無駄に捜させるな」

さく、さくと草を踏み、四阿までやってくる宝和。

一分の乱れも綻びもない神官服に身を包み、冷厳な印象の切れ長の目をさらに鋭くしている彼は、ただ珠華だけを見ていた。

思わず、ごくり、と喉が鳴る。

（いったい何を言われるのかしら……）

お前は馘首だ、とか、いっそ処刑だ、とかだろうか。

蛇に睨まれた蛙のごとく、ぞっと背筋に悪寒が走り、緊張で動けない。それほどの殺気じみた冷気を、宝和は珠華に向けて放つ。

「李珠華」

「はい」

なんとか返事をする珠華に対し、一寸の感動や慈悲さえなく、宝和はとんでもない言葉を口にした。

「私と、まじない勝負をしてもらう」

緊迫感に満ち満ちた昼食の時間が過ぎ、午後。

珠華は祠部の官衙内にある、数日前に実技試験を行った部屋で正面から宝和と向き合って立っていた。

壁際で観戦しているのは、子軌と逸石。勝敗の判定もこの二人に任せる。

そう、これから珠華は、宝和と術比べをするのだ。……なぜか。

（おかしいでしょう）

こちらを射殺してきそうな眼光に睨まれながら勝負を申し込まれたときは、一瞬、何を言われているのか理解できなかった。

——まじない勝負。

宝和の口からこんなにも似合わない単語が飛び出したのがにわかに信じられず、目を点にしたまま三回は聞き返してしまったくらいだ。

いったい何の言い間違いだと耳を疑い、真面目に考えたが、言い間違いでもなんでもなかった。

部屋の端と端に立つ珠華と宝和。宝和は淡泊な口調で述べる。

「先ほども言ったように、この勝負の勝者の方針に全員が従うものとする」

「あの、私もさっき言いましたけど、いいんですか？　そんなふうに決めて」

宝和の申し出の内容は、まじない勝負だと告げられたときよりもさらに信じがたかった。

簡単に言えば、まじない勝負で負けたほうが勝ったほうの言うことを聞く。

すなわち、宝和が勝てば猩猩たちを一掃する案に皆が従い、珠華が勝てば逸石に猩猩たちを説得してもらう案に宝和も従う、ということだ。

珠華が己の意見を通すにはこの勝負、絶対に負けられない。

一方それは、宝和も同じ。

（……本当にいいのかしら。何か、私たちに都合が良すぎない？）

宝和にまじない勝負で勝つのが簡単だとは言わない。

ただ、彼は彼の言い分を押し通すことだってできたはずなのだ。組織に属する人間として正しいのは間違いなく宝和であり、彼は上司なのだから。

それなのに、わざわざ珠華の意見にも可能性を作るのが不思議でならなかった。

「このままでは任務に支障が出る。どちらの意見を実行するにしろ、双方が納得できる結果でなければ、禍根が残るだろう」

宝和の説明はもっともらしい。確かに、勝負をしてその勝敗で決めるなら、否が応でも結果を受け入れるしかない。

珠華はひとまず、疑問は脇に置いておくことにする。

「勝負は、簡単だ。……その足元の桶」

今、珠華と宝和、双方の目の前に洗濯に使うくらいの大きさの、空の桶がそれぞれ置かれている。

「その桶の中に術を使って水を溜め、その速さと正確さを競う」

「わかりました」

珠華は神妙にうなずいた。

地味な勝負内容ではあるが、手軽かつ、実力によって差が出る秀逸なものである。

水を生み出すには、術で〝気〟を操作して空気中に含まれる水分を一か所に、的確に集めなければならないのだ。

使う術自体の難易度は高くない。ただ、〝気〟をいかに緻密に操作できるかが問われる。珠華は落ち着かない心を、深呼吸で宥めた。

「じゃ、俺がかけ声やるな」

子軌が進み出て、二人からちょうど真ん中あたりに立つ。そして、片手を真上に振り上げ、大きく息を吸い込んだ。

「よーい……」

ちり、と肌に感じるのは、今にも切れそうなほど張られた糸に似た緊張の〝気〟。頭は氷を詰め込んだみたいに冷えているのに、胸は熱い。

身構える。唇も、舌も、歯も。ただちに呪文を唱え始められるよう、位置についていた。

「始め！」

子軌の上げた手が、一気に振り下ろされた。

同時に珠華は指で印を結び、自然に呪文が口から流れ出る。

「拝して北の玄冥(げんめい)にお願い申し上げる。果てしなき神通力をもって、海に雲を、山に雨を、田に水をもたらせ。玄冥よ、何卒、救済を与えんことを。急急如律令」

術が空中を満たす〝気〟に作用し、〝気〟は震え、揺らぎ、物質——空気に作用する。実体のない術を介し、同じく実体を持たぬ〝気〟を介し、伝えられた術師の意思はようやく現実を、自然を動かす。

ぴた、ぴたぴた。

大気に含まれるあらゆる物質の中から水気のみが抽出され、雫となって桶に落ちた。

いくつもの雫が数えきれないほどの速さで桶に落ちて、溜まっていき、桶の中に水面を作る。

「できました！」

「こちらも、できた」

声を上げたのは、完全に珠華が先だった。どちらの桶も、たっぷりとした澄んだ水で満たされている。窓を開け、外からも空気が入ってくるようにはしていたが、心なしか、部屋の中の空気が乾いていた。

（私、勝った？）

術を使うときの独特の集中から解放され、今度はまた別の緊張を抱きつつ、珠華は唾を呑み込んで二つの桶を見比べた。

少なくとも、速度の面では珠華に軍配が上がるはずだ。問題は、正確性。

向かいに立つ宝和は腕を組み、瞑目して冷静に沙汰を待っていた。

「審査しまーす」

宣言し、珠華と宝和、それぞれの桶を子軌と逸石の二人がじっくりと観察する。ときどき考え込む仕草をして小声で相談する二人。そこへ、結論を出す前に待ったをかけたのは宝和だった。

「勝敗は見えている。李珠華、君の勝ちだ」

「え……」

「正確さにさほど差はない。であれば、速度で勝った君のほうが点数は高くなる」

「どうして」

宝和があっさりと負けを受け入れてしまったため、珠華は拍子抜けするとともに、なんともいえない気持ちになった。

あの自尊心の高そうな宝和が簡単に敗北を認めるのは違和感があったし、何より、祠部の若手筆頭術師に勝った実感は薄い。

すると、子軌も宝和の主張に同意した。

「うん。審査の結果、やっぱり珠華が勝ちかなー。贔屓じゃないよ。二人とも桶にちゃんと水をおさめているし、量も適切。透明度も高いしね。そうしたら、決め手は速さかな」

評価を受けてもなお、立ち尽くすしかない珠華に、宝和が歩み寄ってくる。

彼の周りを流れる〝気〟は、沈んだ色を含みながらもいつもよりも幾分、穏やかで柔らかい。悔しそうに眉を顰める宝和の口端が、しかしわずかに綻んでいるのを見つけて、珠華は目を丸くした。

「いい勝負だった。約束どおり、猩猩たちは殲滅せず、山へ帰すのみに留める」

「……いいんですか？」

なんとなく上目遣いに訊ねると、宝和はみるみる顔を歪め、ちっ、と舌打ちをしたように聞こえた。空耳だろうか、まさか王子が舌打ちするだなんて。

ただやはり、悔しかったのは本心らしい。

「そういう決まりだったのだから、私は従うだけだ。いちいち訊くな。空気の読めない奴だな」

珠華に対する憎々しさがまったく隠せていない。どうやら宝和が平和に丸くおさめようとしているところだったのに、珠華が余計なことを言ってしまったようだ。

「すみません」

珠華が素直に謝ると、宝和はふい、と目を逸らした。

「わかればいいんだ。……今晩、決行するぞ」

それだけ告げ、踵を返して退室する宝和の背を見送る。勝負に勝ったのは珠華だったが、なぜだろうか。彼の背はこれまでよりも、頼もしく感じられた。

＊　＊　＊

夜が更けると暗い空を雲が厚く覆い、星も月も姿を隠して、より深い闇が武陽全体を包む。

やけに静かな夜だ。

珠華と子軌、宝和、逸石の四人は陶家の玄関口にて、松明の灯りを頼りに各々の武器を構え、猩猩たちの群れが訪れるのを待っている真っ最中であった。

武器はいざというときの護身用。説得が必ずしも上手くいくとはかぎらないからだ。

(もうすぐかしら)

珠華は辺りを見回した。

陶家の屋敷にはしんと静寂だけがある。

猩猩たちが余所へ行ってしまうと計画が台無しになるので、陶説は特に避難などはせず、屋敷内に身をひそめているはずだが、それを疑いたくなるほど粛然としている。

虫の声の一つすらない。

「そろそろか……鉢合わせるか?」

己の鍬を抱えた宝和が独り言ちる。

(何と何が、鉢合わせるの?)

首を傾げつつも、珠華はわざわざ問いかけなかった。もし余分な会話をしているうちに猩猩たちがやってきたら問題だ。

ロウとサン、二匹の式神たちも珠華の足元で、固唾を呑んで猩猩たちが現れるのを待っている。

念入りに前脚を毛づくろいしているロウと、嘴(くちばし)で翼を整えているサン。いわば、珠華の武器がこの二匹である。

「俺、短剣って向いてないかもしれない」

「ちょっと、今になってそういうこと言わないで」

暇になったからか、子軌がまたろくでもないことをぼやき始めたので、すかさず窘めた。

その子軌は、逸石に砕かれた前の短剣をあきらめ、再び宝和から似た短剣をもらっている。付与されているのも魔除けのまじないで、以前と同じだ。

「ははは。姫、あんたらいつもそうなのか？」

深夜だというのに豪快に笑う逸石は端的に、周囲に迷惑である。

なんともまとまりのない集団だと珠華は思った。こんなことで本当に事態を収拾できるのか、甚だ不安だ。

不意に音が途絶える。

きい、と珠華たちの背後で、玄関の扉が開く音がした。

「え……」

思わず、呆然とした声が漏れた。

扉から姿を現したのは、寝間着に身を包み虚ろな目をした陶説、その人である。しかも、幽体ではなく肉体をともなって、ぼんやりとした足取りで真っ直ぐにこちらへ進んでくる。

「意識はないようだな」

いささかも動じず、陶説を止めようともせずに断じる宝和の前を、陶説は一歩、また一歩とゆっくり通り過ぎていく。

同時に、逸石が声を上げた。

「おい、来たぞ!」

慌てて陶説から門のほうへ視線を移せば、猩猩たちの群れがまた下駄の音を鳴らし、近づいてきていた。正気を失い、夢遊病のようになった陶説は猩猩たちに引き寄せられているのだ。

もはや一刻の猶予もない。

逸石が陶説を追い抜き、忍び寄る猩猩たちの群れに駆け寄った。

「止まれ！　お前たち、やめろ！」

呼びかけて、逸石は珠華たちには内容を聞き取ることのできない音で、猩猩たちに語りかけ始める。

あれが、妖怪の言語なのだろうか。

猩猩たちの群れの進行がぴたりと止まり、猿に似た見た目をした妖怪たちは逸石の呼びかけに耳を傾けているようだ。

「上手くいきそうかしら……」

珠華の呟きに、知らないうちに陶説の襟首を摑んでその動きを押さえていた子軌が呻く。

「上手くいってくれないと困るよ。俺、こんな図体のでかいオッサンの襟首いつまでも摑んでたくないもん」

心底嫌そうに、うへぇと横目で陶説を睨む子軌のしかめ面は、なかなか珍しい。

普段はあまり嫌悪感を露わにすることのない男だ、余程、陶説が苦手であるに違いない。

「お前たち、油断するな」

珠華は宝和の発した警告を聞き、あらためて気を引き締める。

刹那、猩猩たちの甲高い咆哮が辺りに轟いた。何事かと見れば、猩猩たちは牙を剝き出しにし、毛を逆立てている。

まぎれもない――憤怒。

真っ赤に染まった〝気〟がこちらを覆うかと思うほどの、激しい怒気がうねり、立ち上り、渦を巻く。その憤りは逸石と、陶説、そして珠華たちにも向けられていた。

「失敗したのか⁉」

宝和が苛立ちのままに逸石の許へ駆けつける。陶説を押さえている子軌は動けないが、珠華もロウとサンを連れて宝和とともに、逸石の許まで走った。

門の内側すぐ近く、石畳の敷かれた歩道に猩猩たちの群れ、彼らと対峙するのは逸石、宝和、そして珠華と式神たち。その後方、屋敷の玄関からほど近い場所で陶説と、彼を押さえている子軌、といった配置になる。

「いや、失敗なんかしてねぇ。急に様子が……」

緩慢に首を左右に振る逸石は、予想外の事態に焦りよりも困惑を滲ませた。

しかし話している間にも猩猩たちの激しい怒りの気配は膨張し、おー、とも、あー、ともつかぬ、意味を持たない唸り声がだんだんと大きくなる。

そこに理性的な意思は微塵も感じられなかった。

ぎらつく瞳に、燃え上がる殺意。破壊衝動に支配され、突き動かされ、ただ目の前のものを壊したいという純粋な欲求だけがある。とても知性のある生物とは思えない姿で、すでに対話など不可能であると感じる。

「失敗したなら、殺すしかなくなるぞ！」

怒鳴るように言った宝和へ、群れのうちの一匹が驚くべき跳躍力で飛びかかった。即座に反応できない宝和に代わり、それを、間一髪で逸石が丸太のごとき腕を振るって叩き落とす。

「くそっ」

逸石の表情は苦痛に歪んでいた。おそらく肉体的な痛みではなく、説得が上手くいかず、猩猩たちに手を上げなければならないことに対する痛みであろう。

「ご主人様、どうする？」

こちらを見上げ、訊ねてきたロウ、そして同じく訴えるような眼差しを向けてくるサンに、珠華はうなずく。

「お願い、彼らを止めて。殺さないように」

あきらめたくはない。戦っているうちに、正気を取り戻してくれたら……そう希望を込めての指示だった。

「わかった！」

「お任せください」

主人の願いを聞き、式神の二匹は果敢に群れへと突っ込んでいく。猩猩たちも爪と牙を松明の炎により橙色に閃かせ、飛びかかった。

けれども、式神をそばから離したのがいけなかった。

一瞬、無防備になった珠華に、横合いから猩猩の一匹が襲いかかる。

「珠華っ！」

「あ……」

悲鳴に似た声は、後方の子軌のもの。だが、それを聞きつつも珠華にはなすすべがなかった。印を結ぶにも、呪文を唱えるにも、もう時間が足りない。

（しくじった）

妙に頭の中だけは冷静に思考し、けれども身体は動かず。宙を舞い、こちらへ爪を振りかぶる毛むくじゃらの生き物の錯乱した形相だけが、網膜に焼きつく。

あの鋭利な爪に切り裂かれたら、きっと死ぬ。

瞼を閉じる暇さえない。ああ――終わりだ。

その刹那。

浅黒い大きな手のひらが、珠華と猩猩との間に寸前で割って入った。その手のひらは圧倒的な力で猩猩の手首を摑み、そのまま小柄な身体を遠くに投げ飛ばす。

珠華をすんでのところで救ったのは、逸石だった。

「姫。大丈夫か？」

「は、はい」

冷や汗が流れ、どくどくと、破裂しそうなくらいに心臓が鳴る。

なんとか首を縦に振ったものの、死が眼前に迫った衝撃と、とあるものに気をとられ、珠華はしばし放心していた。

逸石が猩猩を投げ飛ばそうと胴を捻った拍子、彼のはだけた胸元に光るものを見つけたのだ。暗闇で定かではないが、あれは。

（たぶん……瑪瑙（めのう）の、指環だった）

赤茶に橙の混ざり合った色の、煌々と輝く石の指環。紐に通され、逸石の首から下げられたその指環は薄らではあるが、確かに神気を帯び、宝石としての美しさもさることながら、人智を超えた神秘の美しさで見る者を魅了する。

七宝将の指環の中にも、瑪瑙の指環が登場する。力自慢の七宝将の一人が所持していることで有名な。

「まさか……ね」

逸石は人間離れしているけれど、歴とした人間だ。人外の銀玉と同類ならともかく、人が千年も生きる道理はない。

誰よりも長く旅をしているなどとも言っていたが、おそらく言葉の綾だろう。

余計な憶測を振り払い、珠華はすかさず術を行使しようと身構える。だが、その頃には、猩猩たちの熱が冷め始め、動きは鈍くなっていた。

「どうして」

そこで初めて、珠華は己の懐に入っているものが温石のように熱くなっているのに気づいた。

急いで懐の布袋を取り出し、中を確認すると、水晶の指環が火傷しそうなほどの熱を発している。微弱ではあれど、神気も帯びて。

珠華が〝気〟を見る感覚を開き、その清らかな浄化の神気を辿れば、か細いながらも激流のごとき猩猩たちの怒気と交ざり、巻き込み、鎮めているのが見えた。

(指環が、守ってくれたの?)

戦いが始まる前には完全に力を失い、ただ空っぽになった指環だったのに、急に珠華の身を守るように目覚めた。いったい何が作用してそうなったのか、兆しすらなく、まるでわからない。

「ご主人様！　平気だった？　ごめん、おれたちが離れたばっかりに」

「珠華さま、お怪我はございませんか」

そばに戻ってきた式神たちに「平気よ」と微笑みかけ、珠華は再び布袋の口を紐で縛って懐へ入れる。

特別な七宝将の指環。もしかしたら、珠華の危機を助けてくれたのかもしれない。

とりあえずそう思っておくことにして、周囲を見渡せば、すでに宝和は刃をおさめ、逸石はしゃがんで地に伏した猩猩たちの生死を確かめている最中だった。

倒れていない猩猩たちはわずかに後退し、そのまま立ち止まって動かなくなる。

（終わった……）

澱んだ敵意が緩やかに霧散していく。

そうして、珠華たちの背後では、子軌に動きを封じられていた陶説が正気に返って喚きだした。

「な、いったい何が!?　この、平民が！　放せ！」

「……なんだよ、人がせっかく止めてやってたのにさー」

顔をしかめた子軌に摑まれていた襟首を放され、陶説はせり出た腹を揺らし、乱れた寝間着の裾から脛をのぞかせつつ、よろけて地面に四つん這いになった。

　その呼吸は、ひぃひぃと浅く忙しない。

　おそらく、彼が正気を失っていたのは猩猩の放つ強い殺意の〝気〟に中てられたせいだろう。それが身体にも負担を与えたのだ。

　跪くような格好になった陶説に、鍬を抱えた宝和がゆっくりと近づいていった。

「陶説。……貴殿を苛んでいた猩猩たちの群れはあのとおり、打倒した」

「お、おお！　宝和様、ありがたや、ありがたや。心の底より感謝いたします！」

　ぱっと顔を輝かせた陶説は宝和を拝み、大袈裟に感激してみせて、感謝の言葉を並べ立てる。

　見下ろす宝和の目が、北領の万年雪に閉ざされた大地のごとく凍てついているのを露ほども察していないのは、いっそ哀れにも思えた。

「して、あの汚らわしい獣はすぐに片付けていただけるのでしょうね」

　陶説はすっかり機嫌よさそうに、「汚らわしい」という言葉にたっぷり力を込めて言う。その様子がひどく醜悪で、珠華は不快感を抱いた。

　猩猩たちとて、生きている。その命は尊重されるべきものだし、そもそも陶説が猩猩たちに目をつけられた原因は、本人の行動にありそうだという疑惑もある。それらを棚に上げ、力いっぱい「汚らわしい」などと口にし、侮蔑の目を猩猩たちに向ける陶説はあまりに不快であった。

「そうだ、そこの平民ども、さっさと片付けんか。どうせ貴様らのような愚図どもは大した役にも立っておらんのだろう。宝和様の手を煩わせる前に、率先して片付けくらいしたらどうなのだ！」

乱れた寝間着姿のまま、立ち上がって調子よく珠華や子軌、逸石に向かって指図をする陶説。

沈黙を保っている宝和の表情は、まったくの無になりつつある。

「さっさと動かんか！　儂の屋敷が汚れるではないか、この鈍間どもめ！」

「猩猩たちなら、もういないぞ」

逸石が無感情な面持ちで陶説に近寄り、猩猩たちの群れがいた場所を指した。珠華たちもそれに従って視線を移せば、逸石の言うとおり、すでにどこにも、一匹の猩猩の姿さえない。

まるで最初から何もなかったかのように、いっさいが掻き消えている。

「あいつらは山へ帰らせた。もうあんたを襲うことはない。これで満足か？」

これまでのような明るさや豪快さが抜け落ちた逸石の口調は、非常に平らかで、外見の若さにそぐわぬ深みが含まれている。

その静かな佇まいに気圧されたのか、陶説は笑みを引きつらせた。

「ふ、ふん。ならよいのだ、それよりなんだ、その言葉遣いは。無礼ではないか」

「あのオッサン、ほんと感じ悪いな」

ぼそ、と子軌が呟く。珠華も完全に同意だったが、口には出さずに小さくため息をこぼした。

厄介な貴族に反論でもしようものなら、余計に厄介になる。まじない師としての仕事の中で経験済みだ。

険悪な空気になり始めた頃、ふと、珠華の耳は遠くに物音を聞いた。

「そろそろか」

宝和が陶家の屋敷の門のほうを見遣る。

いくつもの、人の作り出した松明の灯りが、重い足音とともに近づいた。その数はざっと十人ほど。一人を除いて松明を掲げる全員が武装をし、帯剣した禁軍の近衛兵(このえ)であるのがわかる。

禁軍は皇族と宮殿を守るのが役目。そんな彼らがやってくるとは。

「な、何事……?」

急展開についていけない。どうして怪異を駆逐したら、その現場に禁軍の兵が来るのだろう。何か、法に触れることをしてしまったのかと不安になってくる。

兵たちはただ黙々と陶家の敷居を躊躇いなく跨ぎ、速やかにこちらに接近するとぴたりと静止した。

「なんだ、なぜ、禁軍が」

陶説もやや泡を食った様子で、喘ぐように独り言ちた。

兵たちに囲まれ、一人だけ武装をせずに帯剣のみしている、気品ある風体をした青年が先頭に進み出る。

その青年の顔を見て、珠華は声を上げそうになり、慌てて手で口を覆った。

「あ、貴方様は……」

すでに息も荒く目を見開いた陶説に、青年――宋墨徳は、険のある面持ちでその罪状を突きつけた。

「陶説。貴殿には、無許可で他領の禁足地に踏み入り、さらに禁止されている狩猟を行った容疑がかかっている」

一同は息を呑んだ。

禁足地での狩猟。事実ならば、たとえ貴族であれ重罪である。禁足地では鳥獣や妖怪にかぎらず、命を奪う行為自体が自然を司る神々への冒瀆とされ、固く禁じられているためだ。

「また、禁制品の売買、加えて窃盗を指示した嫌疑がある。ともに来てもらおうか」

「わ、わたくしめはそのようなこと、決してしておりませぬ！　何かの間違いではないのですか。そもそも、し、証拠があるとでも!?」

つかえながら、途切れ途切れに自らの無罪を主張する陶説に、墨徳の声音も冷えていく。

「少なくとも、窃盗を指示し、禁制品を売買した件に関する書類は上がっている。娘を使って後宮に隠すとは、なかなか考えたものだ。今の後宮ならば人の目も少なく、そもそも出入りする者もわずか。姫君の居室にでも隠せば、まず見つかることはないだろうからな」

珠華ははっとした。

頭の中で断片的な情報が薄らと繋がっていく。下駄を履いた猩猩、彼らから恨まれる陶説、後宮ですれ違った陶瑛寿の姿。それらが示すものは――。

「……禁足地に入って狩った猩猩を、売った」

無意識に、珠華は声に出していた。

　妖怪の身体の一部を素材に用いた商品は何であれ禁制品とされる。

　それは、妖怪がともすれば神仙と通ずる神秘の存在でもあり、彼らを殺して売れば、神の怒りを買ってもおかしくないのが所以。また単純に、素人に扱いきれる代物でない場合が多いせいでもある。

「何を言う！　貴様、でたらめを」

　憎々しげに珠華を睨み、怒鳴る陶説の身柄を、墨徳の指示で近衛兵たちが取り押さえた。

「何をする。離せ、無礼者どもが！　儂は陶家当主だぞ、このような非道が許されるはずが」

「弁明はあとで聞く。連れていけ」

　陶説は墨徳の命に粛々と従う兵たちにより、半ば引きずられるようにして外へ連れていかれる。寝間着のまま、怒鳴り散らしながら連行されていくその様は最後までぶれない。

　喚く陶説の声が遠ざかり、聞こえなくなった頃、見送った墨徳が宝和に向き直る。

「ご協力、感謝する。宝和殿」

「いや、当然のことをしたまでだ」

そう頭を振る宝和は、さすがに墨徳に対しては尊大に振る舞わないらしかった。二人の生まれを考えれば、だいたい対等な立ち位置になるのだろう。下手に堅苦しく、気取った雰囲気もない。

「で、つまりはどういうことなんだよ……」

途方に暮れて言ったのは、子軌である。猩猩の特徴を知らなかった子軌ならば、わからなくとも無理はない。

珠華は己の推測を一つ一つ、確かめるように話す。

「猩猩の血肉には高値がつくはずなのよ。血は染料になるの。鮮やかな赤に染まって、なおかつ決して色褪せないといわれる、幻の染料よ。そして、肉、特に唇の肉は珍味といわれていて、貴重な食材だと古い文献に書かれているわ」

後宮で見た陶瑛寿の裙は、南領に行ったときですら見たことがないほど綺麗な色だった。妃の衣類に用いる高価な布地ならさもありなんと思わなくはなかったが、あれが幻の染料で染められたものならば合点がいく。

「……じゃ、あのオッサンはそれが目当てで？」

「さあ。わからないけれど、お金にはなったでしょう」

珠華は嘆息し、投げやりに言った。

貴族男性の嗜み(たしな)とはいえ、勝手に狩りをし、獲物を売りさばくのは褒められた行為ではない。相手が妖怪でなくても、だ。

猩猩たちは仲間を殺された恨みを晴らすために、陶説へ報復することを誓い、その手助けを逸石に頼んだに違いなかった。

珠華の説明を聞いた子軌は、うーん、と眉尻を下げた。

「でもさ、禁足地ってだいたいでっかい山の中とかだろ？　そんなところに入っていっても都合よく妖怪に出会えるわけじゃないよな。妖怪だって、人間を見たら警戒くらいするだろうし」

疑問はもっともである。けれども、その答えもすでに示されている。

「そこで、あの下駄よ。猩猩たちは酒と下駄を好むの。その二つを置いておけば、おびき寄せられるのよ」

これも、古い文献のいくつかに記述が見られる。

猩猩は獣などよりは知能が高いけれども、やはり本能に逆らうことはできない。彼らは人間にそっくりの足に下駄を履き、酒に酔って歩き回るのが好きなので、それらを見える場所に置かれれば、手を出さずにはいられないのだ。

このこと自体は、珠華は最初から察していた。

ただの野生の猩猩たちが人の作った下駄を履いているはずがない。人間の誰かが渡さなければ。

陶説がなんらかの意図を持って禁足地に入り、下駄と酒で猩猩たちを集めて狩りをした。そして、一連の怪異はこの悪行に対する報復だった、この二点が導き出されるというわけである。

子軌は得心したようで、しきりにうなずいた。

「なるほど」

「あとは実際に陶説が禁足地に入って狩りをした——これを裏付けるはっきりした証拠や証言がとれれば、かなり重い罪に問えるんだけどね」

珠華の説明を引き継ぎ、墨徳が肩を竦める。それに、宝和も淡々と相槌を打った。

「奴の側仕えにでも口を割らせる以外にないな」

「まあ、とにかく署名押印された売買契約書やら、窃盗の指示書やらは妃の一人に協力してもらって後宮の陶瑛寿の私室から押収済み、彼女の持ち物も証拠品になるだろうから。それだけでも十分、罪には問えるさ」

墨徳の話の中に出てきた、協力した妃とは確実に梅花であろうと、珠華には容易に想像がついた。

彼女ならば、そういった仕事も難なくこなしそうというか、むしろ張り切って意欲的に取り組みそうだ。何やら、頑張らなければならないとも言っていたし。

となると、珠華には最後に一つ、気になっていることがあった。

「墨徳様」

「ん？　珠華さん、どうした？」

「窃盗の指示書っていうのだけ、よくわからないんですけれど、いったいあの方は誰に何を盗ませたんですか？」

先ほどから、それだけがどうにも繋がらない。考えても、盗みの『ぬ』の字が出てこないのだ。

問えば、墨徳はその怜悧な美貌に意味ありげな笑みを浮かべた。

「とあるならず者にね、とある墓から、とある指環を盗ませたのさ」

――君なら、何のことかわかるだろう？

墨徳はそこまでは口にしなかったが、珠華はすべてを悟った。悟って、巫女服の上から胸元を押さえる。正確には、そこにある水晶の指環を。

「そのならず者が、わりとあっさり吐いたようでね。指示書らしきものはきちんと用意されたが字が読めなかった、そのせいで達成報酬を値切られたに違いない、と文句を言っていたらしい」

「そうですか……」

珠華は、夏にある飯店で取り押さえた、無法者を思い出していた。指環を盗んだのはあの男なので、つまり墨徳の言っている男と同一人物だ。

とはいえ、なぜ陶家がわざわざ指環を盗むよう素人に依頼し、しかも盗んだ指環を何家に売ったのか。

貴族の思惑には疑問が尽きないけれど、これから明らかにされるのかもしれない。

「では、私はこれで。金慶宮に帰って、また白焔を手伝わないといけないしね」

墨徳はそう言い残し、兵を引き連れて陶家をあとにした。

振り返ると、今なお、しんと静まり返った陶家の屋敷が闇の中にそびえ立っている。

主人を失った屋敷は、あるいは当主が罪に問われた家は、どうなるのか。

珠華はほのかにやりきれない気持ちで、宝和を見た。

「宝和様」

「なんだ」

宝和はやはり素っ気ない。まるで一つも、自分の知ったことではないと無言で主張しているようだと珠華は思った。

それでも、口にせずにはいられない。

再び、空気の読めない奴だと呆れられたとしても。

「全部、あらかじめ準備していたんですね」

はっきり言って珠華としては、してやられた、という口惜しい心境である。

宝和の言動を思い出せば、墨徳が陶説を捕らえに来ることを事前に承知していたのは疑う余地がない。

とすれば、なぜ墨徳が陶説を捕らえに来るかも知っていたはずで、陶説の罪状も、それによって陶説を猩猩たちに殺させず、法的に罰することができるのも全部、宝和は心得ていたことになる。

陶説が術的にも守りの厚い金慶宮に連行されれば、いかに怪異といえど猩猩たちは手出しできない。

宝和は初めから、陶説を人の法で裁こうとしていたのだ。

猩猩を殺すか、殺さないか、そんな次元では行動していなかった。その先を見据えていた。

だから、あっさりと珠華の案を、猩猩たちを殺さないという案を受け入れた。

そんなものはどちらでもいい、些末な問題だったから。

要するに、猩猩を殺そうが殺すまいが、陶説さえ捕まえてしまえば、どう転んでも宝和の思惑どおりだったわけである。

「はっ、そんなふうに恨みがましく人を責めるくらいなら、もっと上手く行動できるようにせいぜい精進することだ」

宝和に莫迦にされたように鼻で笑われ、怒りが湧いてくるかと思ったが、不思議と珠華の心は穏やかだった。

敗北……完敗だ。

悔しさはある。でも、どちらかというとほっとしている。

やはり上には上がいるのだ。燕雲の背ばかり追いかけているだけでは、決して身につかないものがある。今回のことは、とてもわかりやすい。

目先の問題に気をとられ、大局が見えていなかった。

まだ、珠華には学ぶべきものも、身につけるべき技術もたくさんある。そう考えたら、なぜか安堵した。

それに、宝和が尊敬できる先輩であることもわかったから。

「はい。私、宝和様みたいになれるように、頑張ろうと思います」

あまりにも素直な珠華の宣言に、宝和はぽかんと呆気にとられる。

「は？」

彼のまったくらしくない間の抜けた顔つきで、珠華のほうが驚いてしまいそうだ。

「たぶん、無意識に慢心していたんだと思います。調子に乗りかけていたかったというか。だから、ありがとうございます。宝和様が私の指導役でよかったです」

きっと宝和が指導役でなかったら、珠華は慢心したままだっただろう。謙虚でいようと心がけてはいても、後宮での騒動を鎮め、星の大祭でも密かに大それたことをやらかし、試験でも他を圧倒して、勘違いしたままになるところだった。

（私は、まだまだだわ）

術師としても、官としても、人としても。

だから、祠部に所属する者として追いかけるべき目標が見つかってよかった。

目標があったほうが、ただ漫然と宮廷巫女をしているよりずっと得られるものは多いはずだ。

珠華は拳を握って、気合いを入れ直す。

「次からはもっと上手に立ち回ってみせます」

「はあ……勝手にしろ。付き合ってられん」

初対面の印象が最悪だった宝和に、こんな感情を抱く日が来るとは。

ぽつり、と小さな雨粒が頬に当たる。ぽつ、ぽつ、とにわかに秋雨が本降りになる中、足早に去っていく尊敬できる先輩の後ろ姿を、珠華はなんともいえない心地のよさで見つめた。

＊　＊　＊

陶家での一件から一週間が経った。

しばらくの間、盛りだくさんの報告書やら研修期間に課される活動記録の執筆やらの書類仕事に追われていた珠華は、ようやく落ち着きを取り戻しつつある。

ちなみに、その書類の処理の仕方などもすべて宝和の厳しい指導が入り、連日とっぷり夜が更けるまで居残り、残業というありさまであった。

「今日の分の活動記録、終わりー」

一気に脱力し、机に突っ伏した珠華は、はあ、と大きく息を吐く。

昨日、今日あたりから、やっと宝和に「書き方がなってない」と駄目出しされることも若干減って、書類にかける時間も『多少は』短くなった。

とはいえ、すでに夕刻というには暗い時刻だ。

　書き上がった書類は明日の朝に宝和に提出し、宝和から長官の法順の手に渡って評価されることになる。

　同じく、見習いとしていくつかの課題などが課されているはずの子軌は、どんな手を使っているのか、机にじっと向かっているのを見たことがない。

　あの男にかぎってないとは思うが、もしかしたら驚異の手際のよさを発揮しているのだろうか。あるいはいい加減に済ませているか。

　先ほども、並んで机についていたはずなのに、あっという間に姿をくらませている。

（ちょっと遅くなっちゃった。もう、子軌ったら一緒に帰ってくれるって言ったのに）

　暗くなってから帰宅するときは、一人にならないよう、師から耳にたこができるほど言い聞かされている。燕雲は、夜道は子軌についていてもらえ、むしろそのために子軌を祠部に入れたんだ、などと言っており、いつも反応に困っているほどだ。

　珠華は机上の書類と筆や硯（すずり）などの筆記用具を片付け、事務のために設けられている官衙内の一室をあとにする。

　歩廊へ出ると、ひんやりとした空気に身を竦めた。

「さむっ……一気に季節が進んだって感じね」

　二の腕を抱え込むようにして、珠華は歩廊を歩く。秋の薄ら寒さが足元からも這い上がってくるようで、心なしか足早になっていた。

子軌を捜しながら閑散とした歩廊をしばらく歩いていると、どこからか弦楽の調べが流れてきたのに気づく。

高いと低い、複雑な音が重なり絡まり、時折たわむように響くこの音色は琵琶だ。

耳触りの滑らかな、しっとりとした演奏は、秋の月夜に沁みわたる。

(いい音ね……)

吸い寄せられるように、珠華の足は自然と音の源のほうに向いていた。

そうしてたどり着いたのは、つい先日、珠華と子軌と逸石の三人で作戦会議をした四阿だった。

揺れる池の水面に欠けた月が映り込み、琵琶の音色と合わさるように、虫の音もあちらこちらから響いてくる。

四阿にぽつんとある一つの人影、その正体はすぐにわかった。

「白焔様」

珠華が呼びかければ、演奏が途切れて、最後の一音の余韻がゆっくりと空気の中へ溶け込んだ。

「珠華。いい夜だな」

「そうですね」

翠色の凪いだ双眸が珠華をとらえ、おもむろに細められる。その温かさを不思議に感じながらも、珠華は四阿の屋根の下に入り、白焰の正面に腰かけた。

(密やかな夜の逢瀬(おうせ)ってところね……って、何を莫迦なことを考えているのかしら、私)

琵琶を膝の上に載せ、こちらを見つめる白焰はいつにもまして艶やかさが際立ち、知らず珠華の鼓動が高まる。

「知りませんでした。お上手なんですね、琵琶」

高鳴る胸の内を誤魔化して、珠華が言うと、白焰は笑った。

「だろう？　母が琵琶の名手でな。それと器量の良さ以外にはあまり秀でたところのない人だったが——こうして息抜きに演奏ができるので、感謝している」

白焰の母は先帝の妃の一人だった。白焰が子どもの頃に後宮を出て実家に帰ったらしいが、今思えば、白焰が女性に触れられない呪いをかけられたのが何か関係しているのかもしれない。

母親を懐かしむ白焰の表情はとても優しく、親子二人の間にはきっといい関係があったのだと思わせる。

けれど、どこか、目の前の白焔は憂いを滲ませていた。

「どうかしたんですか？　元気がないですね」

血色はいい。この間の不調はざっと見たところでは残ってなさそうで、元気がないというよりは気落ちしている、といったほうが正しいかもしれない。

白焔は琵琶を抱えて、組んだ膝の上に肘をつき、頬杖をつく格好になった。

「ああ。なんとも、後味の悪いことがあってな。……陶説が、殺された」

「え」

告げられた内容の衝撃で、珠華はひゅ、と息を呑む。一週間前、墨徳の率いる禁軍の兵たちによって連行されていった陶説の姿は未だ、記憶に新しい。

その後、金慶宮で尋問を受けていたはずの彼が殺されたとは、いったい。

「罪人とはいっても、貴族だからな。それなりの室に拘禁しておいて、もちろん監視や警備もつけていたんだが……毒針で首筋を刺されたあとがあった」

誰が、いつ、どうやって陶説を殺したのか、まったくわからないと白焔は言う。けれども、犯人は相当な手練れだろうとも。

（毒針……）

心の内でその単語を反芻する。

呆気ないものだ。あれだけ横柄に振る舞い、しぶとそうな様子だったのに。

「あの男を裁くために、墨徳が証拠と証言集めに奔走し、いろいろと準備も進めていたんだが」

「それは、残念ですね」

「ああ。と、そういうわけで陶家は取り潰しにはならないが、娘の陶瑛寿は後宮から出し、新たな当主は一族の中でできるだけ陶説から遠い立ち位置にあった者が選ばれることになる」

珠華は罪を暴かれた貴族の家の末路を聞き、溜飲が下がるような気持ちには到底ならなかった。

陶説は感じの悪い、選民意識に染まった典型的な貴族だったが、せっかく墨徳や宝和が手を尽くして捕まえたのだ、きちんと裁かれてほしかった。

「そうですか……」

「陶家にも政敵はいるし、恨みを買うこともあっただろう。もしくは陶家当主の座を狙う一族の内の誰かの仕業である可能性もある。現場を誰も見ていないのでは犯人を見つけるのは難しい」

風が吹き、さわ、と葉擦れの音が鳴る。白焔の墨色の長い髪が流れて、差し込んだ月光に反射した。

本当に絵になる男だと、珠華は思った。それに、どんな名画よりもこの瞬間、この光景を切り取ったほうが魅力的だ。

(私、やっぱり白焰様に見惚れてしまうのよね)

ため息を吐くとどこか熱っぽい気がして、面映ゆい。

認めるほかない。珠華にとって、白焰は特別だ。抱きしめられても、押し倒されても、少しも嫌と感じないくらいには。

顔のいい男には何かと縁があるけれど、白焰ほど、珠華の心を奪う人はいない。

珠華が白焰に目を奪われていると、彼の視線もまた、確かな熱を持って真っ直ぐに珠華に注がれていた。

「珠華」

「はい。なんでしょう」

答えれば、白焰はややあって口を開く。

「この一週間、俺はそなたの茶の味が忘れられなかった」

茶くらいなんだ、と文字どおり茶化してもよかったが、あまりに真摯な白焰にいつもの軽口は出てこなかった。

「離れがたいんだ、どうしても。そなたとの時間は心地よすぎてな。……そばにいてくれるのならどんな形でも、と言い聞かせていたが、やはり違った」

「………」

「珠華。そなたに、そばにいてほしい。皇帝と臣下としてでなく、互いに唯一の、男と女として」

珠華は絶句した。なんだ、それは。

その言葉を聞いたときの心情は、非常に名状しがたい。歓喜や興奮もあったし、衝撃も大きく、一気に押し寄せた感情がぐちゃぐちゃにかき乱されて。

けれど、中でも最も強く珠華を突き動かしたのは、憤慨だった。

「どうして！　どうして、言っちゃうんですか！」

珠華は勢いよく立ち上がり、潤んだ瞳と真っ赤な顔で白焔のすぐ前まで行って見下ろす。

いきなり怒りだした珠華に、白焔も呆気にとられていた。

「白焔様はひどい！　私がせっかく苦心して策を講じているのに、あなたはそれを全部、台無しにして！」

「……珠華、その、なんだ、すま――」

「私だって、好きなのに。でもずっと、我慢してたのに！」

白焔の謝罪を遮って、怒りのまま、珠華は勢い任せに本音を告げた。

結ばれるのは不可能だからと一生懸命、己の心を封じていた。距離もとった。できることはしたけれど想いはいつしか育っていて、しかし、それでも最後まで隠し通そうと努めた。

それが、白焔のせいで一切合切、徒労に終わる。さすがに頭にきた。

「本当か？」

白焔は目を見開き、呆然と呟く。言葉にしてしまったものは取り消せない。もう自棄だ。

珠華は憎まれ口で返した。

「冗談で済んだら、どれだけよかったでしょうね！」

もう知りません！　と捨て台詞を残し、四阿を出る。引き留める白焔の声が聞こえるが、止まってなどやらない。

（いい気味よ。いつも人を弄んで）

少しは反省するといい。紅潮した頬を手で隠し、ずんずんと、力強く足を踏み鳴らして、珠華は庭を歩いていく。

次に会ったらどうするか。今はひとまず、考えないことにした。

＊＊＊

晴れた夜空の下、遠くで誰かの奏でる典雅な琵琶の音が、弱く耳朶(じだ)を打つ。

子軌が人気のない祠部の官衙内の歩廊を歩いていると、柱の陰に見知った人物を認めた。ただし、その人物はあまりに大きな身体をしているため、柱にはまったく隠れていなかったが。

そのまま知らんふりで通り過ぎようか、どうしようかと逡巡しながら歩き、子軌は結局、やや通り過ぎたところで足を止めた。

少しばかり確かめたいことがあったからだ。

「小耳に挟んだんだけどさ。……あのオッサンを殺したの、お前だろ。逸石」

柱に寄りかかり、目を閉じていた逸石が、ゆっくりと一歩を踏み出して陰から姿を現す。

その表情は普段と変わらぬ、明快な笑み。胸元には瑪瑙の指環の煌めきがある。

「やっぱ、わかっちまうか」

「毒針って聞いたら、まあお前だなってなるじゃん。でっかい剣を振り回しているお前がいざというときには毒なんか持ち出すから、みんな騙されるんだよな」

世間話をするときと同じ軽い口調で、子軌は自身の見解を述べた。

だいたいの者は逸石の図体の大きさと怪力と、大剣での力任せの豪快な戦い方に気をとられる。確かにそれだけでも無類の強さを誇るこの男だが、それらを隠れ蓑にした、毒での暗殺……実はこれが、この男の真骨頂なのだ。

千年前から変わらない、仲間なら当然知っていることである。

子軌は今となっては遥か彼方の記憶を掘り起こし、次いで、この数日に起きた出来事を推測する。

（たぶん、猩猩たちと取引でもしたんだろうな。代わりに陶説を殺しとくから、お前たちは身を引いてくれとか、そんなこと言って）

でなければ、あのように猩猩たちが目的を果たさず、大人しく山に帰るなんて選択をするはずがない。わざわざ星姫の守りがある武陽にまで報復に来るくらいなのだから、猩猩たちは執念深いに違いないのだ。

「はっはっは。覚えてくれて何よりだぞ、水晶の——じゃなかった、子軌、だっけ」

「お前って、全然学習しないとこも変わってないなー」

珠華のことを姫、とか呼んだりするし。子軌は心の中で付け足す。そういう匂わせるようなことをするなと言ったのに。

しかし、子軌の呆れなど毛ほども意に介さず、逸石はまた笑う。

「お前はだいぶ変わったたな。顔はあんまり変わってねぇけど、なんだったか、乾物屋の息子？　似合わねぇ。占い屋の息子のほうがよかったんじゃねぇの」

「うるさいな。どこに生まれ変わってくるかなんて、選べるわけないだろ」

「だな。でも、お前とまた会えるとは思わなかった。……あのあと、自分から死んだとか銀のに聞いて、びっくりしちまったよ。よく考えたら、お前らしいけどよ」

子軌は昔話に、なんとも返せなかった。

らしい、と評されると微妙だ。非常に粘着質で、重たいことをしている自覚はあるので、それがお前だと断じられるのは複雑だった。

口ごもる子軌を見て、逸石はにや、と口角を上げる。

「自分の指環まで渡しちまって。本当、千年経っても一途な奴だな、お前は」

うるさい。阿呆なのに、余計な口出しばかりする。苛立って、子軌は逸石を睨んだ。

昔から、この大男がどちらかというと苦手だった。声が大きくて、無駄に絡んでくるのがうざったいから。

千年も生き続けて少しは成長したかと思ったが、やはり全然変わっていない。

むしろ、妖怪側の思想に傾倒し、肩入れして、まともな人間の感性から遠ざかっているようでもある。

子軌は大きく息を吸って、吐く。

そうだ、この男と違い、子軌はもういちいちカッとなったりしない、器の大きな人間になったのだ。こんなことに腹を立てていたら、前と変わらない。

「いいの。俺は今度こそ、『姫』にちゃんと生きてほしいだけなんだよ。普通に生きて、普通に婆ちゃんになって、普通に死んでいってほしい。だから、見極めてるんだ。あいつは、『姫』を託すのに相応しいのかって」

肩の力を抜き、夜空を仰いで、子軌は言い聞かせた。

彼女と結ばれるのは、自分でなくていい。ただ、彼女を守り、彼女が笑っていられる道を用意してやりたいだけ。たとえ、彼女が千年前とはまったくの同一人物でなくても揺らがない。子軌がそうしたいのだ。

もう二度と、間違えない。

「張り切ってんな。まあ、頑張れや」

完全に他人事と言わんばかりの逸石を、子軌は振り返った。

「お前こそ、これからどうすんの？」

「俺は変わんねぇよ。ずっとこのまんまだ。妖怪の肩を持って生きていく。けど、もし助けが必要になったら言えよ。姫のためなら、手は貸すからな」

期待しないでおく、とだけ返して、子軌は身を翻し、再び歩きだす。行き先は決めていないが、珠華の仕事が終わるまでには戻らなくてはならない。

いつしか、寂寥を含んだ琵琶の音は止んでいた。

結　人の想い

冷水で顔を洗い、白を基調とした巫女服に着替える。胸には布袋におさめた水晶の指環を入れ、身分を証明する佩玉も忘れずに身につける。

朝日に煌めく白い髪は入念に櫛（くし）で梳かし、丁寧に結って、鳥の意匠の簡素な簪を挿した。

朝食は軽めに塩味と薬味のみの、たっぷり煮込んだ粥。さらりとかき込んだら、あらためて身支度を整え、おかしなところがないか確認する。

最後に荷物を持って、珠華はまじない屋を出た。

「老師、行ってきます」

「気をつけるんだよ」

「はーい」

返事をして、表の引き戸を開けた先に、太陽を背にして誰かが立っていた。

いつも一緒に出勤している子軌が珍しく早く起きて先に待っているのかと思った珠

華だったが、そうではないことに気づいて愕然とする。

「は……？」

濃い色の外套に身を包み、顔を隠した人物。布の隙間から零れ落ちる滑らかな髪は、艶やかな漆黒だ。

この人物を、珠華は嫌というほど知っている。しかし、此処にいていいはずのない人間であった。

「何をしているんですか」

珠華の姿を認めたその男は、見えなくてもわかるほど、ぱっと華やかに喜色を浮かべて寄ってくる。

手になぜか、薄紅の芙蓉の花を一輪持って。

「珠華。俺の妃になってくれ」

顔を出し、やや照れくさそうにしつつ、男――劉白焔は、花を差し出して言った。

「は？」

ほかならぬ天下の皇帝陛下からの求婚である。通常ならどんな状況であれ、憧れる女性が多いだろうが、珠華は言葉を失う。もちろん、悪い意味でだ。

「朝っぱらから、何を言っているんですか」

なんとか、「その花は頭の中に咲いているものを摘んできたんですか」という皮肉を呑み込んで、白焔に咎めるような視線を送る。

だが、本格的に脳内が花畑になっているらしい白焔には通じない。

「だから、妃になってくれと――」

妙に艶っぽさのある美貌で言う白焔に、珠華がさらなる反論を試みようとしたところ、「ちょっと待ったー!」と二人の間に滑り込んでくる者がある。

「あのさぁ、もうちょっと時と場所を考えようよー」

珠華を背に庇うようにして、白焔の前に立ちはだかった子軌が、恐ろしくまっとうな発言をする。

明日は雪が降りそうだ。

「張子軌、そこをどけ。今日の俺は無敵だぞ」

「いやいやいや。あんたはいつでも無敵でしょーが……ってそうじゃなくて」

すごい。錯乱した白焔と、通常運転の子軌ならば、後者のほうがまともらしい。新しい発見である。

珠華は遠い目をして、現実逃避を始めた。

薄々、こうなる気はしていた。珠華があいった本心を打ち明けてしまった以上、もう白焔は見逃してくれないだろうと。

けれど、珠華とて一度始めた宮廷巫女という仕事を早々に放り出す気はない。だから妃になれと言われても困るのだ。

「行くわよ、子軌」

幼馴染の手を引いて、珠華は白焔の横を突っ切って進む。慈悲はない。が、白焔のあきらめも悪かった。

粘り強く珠華の前に立ちふさがった白焔は、とびきりの笑みで告げる。

「珠華、俺は絶対にそなたを妃にする。覚悟しておけ」

それはまぎれもない、宣戦布告。

瞬間、珠華は己の運命を無意識に悟った。今はまだ、その未来を想像することすらできないけれど、彼ならいずれはきっと現実にしてしまうのだろう。

だから今はまだ、珠華は珠華のできることをする。

宮廷巫女として、術師として、人間として、成長していきたいと願う。同時に、大きく何かが動く、そんな予感もしていた。

本書は、書き下ろしです。

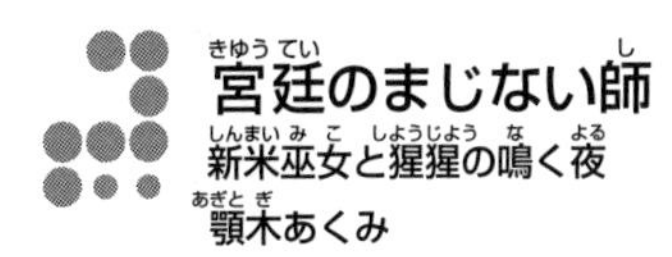

2022年9月5日初版発行

発行者……千葉 均
発行所……株式会社ポプラ社
〒102-8519 東京都千代田区麹町4-2-6

フォーマットデザイン 荻窪裕司(design clopper)
組版・校閲 株式会社鷗来堂
印刷・製本 中央精版印刷株式会社

ポプラ文庫ピュアフル

ホームページ www.poplar.co.jp

N.D.C.913/252p/15cm
ISBN978-4-591-17466-1
P8111339

ポプラ文庫ピュアフルの好評既刊

呪いを解くために、偽りの妃として後宮へ――。

顎木あくみ
『宮廷のまじない師
白妃、後宮の闇夜に舞う』

装画：白谷ゆう

白髪に赤い瞳の容姿から鬼子と呼ばれ親に捨てられた過去を持つ李珠華は、街でまじない師見習いとして働いている。ある日、今をときめく皇帝・劉白焔が店にやってきた。珠華の腕を見込んだ白焔は、後宮で起こっている怪異事件の解決と自身にかけられた呪いを解くこと、そのために後宮に入ってほしいと彼女に依頼する。珠華は偽の妃として後宮入りを果たすが、他の妃たちの嫉妬と嫌悪の視線が珠華に突き刺さり……。『わたしの幸せな結婚』著者がおくる、切なくも愛おしい宮廷ロマン譚。

運命と伝説が交差する――中華ロマン譚、第二弾。

顎木あくみ
『宮廷のまじない師
妖しき幽鬼と星夜の奇跡』

装画：白谷ゆう

白髪に赤瞳、幼い頃より鬼子とおそれられた市井のまじない師・珠華と絶世の美男子である若き皇帝・白焔が、新たな怪異の謎に迫る！

国の一大行事「星の大祭」を前に、幽霊の噂が人々を騒がせていた。珠華は真偽を確かめるべく皇帝一行にまぎれこみ、祭りの開催地である栄安市へと向かう。そこで思いもよらない人物と出会うことに――。はたして無事に「星の大祭」を開催することができるのか？

そして、身分違いながらも惹かれ合う二人の関係は……